百札館閒記

張瑞田 著

文匯
出版社

图书在版编目（CIP）数据

百札馆闲记 / 张瑞田著. — 上海：文汇出版社，
2017.7

（开卷书坊. 第六辑）

ISBN 978 - 7 - 5496 - 2119 - 4

Ⅰ.①百… Ⅱ.①张… Ⅲ.①随笔－作品集－中国
－当代 Ⅳ.①I267.1

中国版本图书馆 CIP 数据核字（2017）第 120903 号

百札馆闲记

作　　者 / 张瑞田
策　　划 / 宁孜勤
主　　编 / 董宁文
责任编辑 / 鲍广丽
装帧设计 / 观止堂＿未　泯

出 版 人 / 桂国强

出版发行 / **文汇**出版社
　　　　　　上海市威海路 755 号
　　　　　　（邮政编码 200041）
经　　销 / 全国新华书店
照　　排 / 南京理工大学资产经营有限公司
印　　刷 / 上海宝山译文印刷厂
版　　次 / 2017 年 8 月第 1 版
印　　次 / 2017 年 8 月第 1 次印刷
开　　本 / 880×1230　　1/32
字　　数 / 213 千
印　　张 / 9.75

ISBN 978 - 7 - 5496 - 2119 - 4
定　　价 / 38.00 元

目　录

第一辑　旧纸新痕

第二辑　冷眼细窥

第三辑 晨钟暮鼓

第一辑

旧纸新痕

兰亭聚讼

一

　　求雨山是一座青翠的山，不险峻，不巍峨，却摄人心魄。这样的判断有点主观和抽象，那么，不妨依靠我用文字搭建的路，去求雨山看看。

　　求雨山是古人设坛求雨的地方，位于南京浦口。一条悠长的山路让我们的情致一点点升高，路两侧是种类繁多的树，可是，一眼望去，所看到的却是笔挺的翠竹。一片片的翠竹，像训练有素的士兵，伫立在求雨山上。行至山腰，看到一片苇草一样的植物，没有风，也会摇动她纤细的身体。她叫马儿花，是求雨山漂亮的女儿。我喜欢马儿花，我知道，寒风一来，她就会沉沉睡去，等到第二年的春天才会醒来。

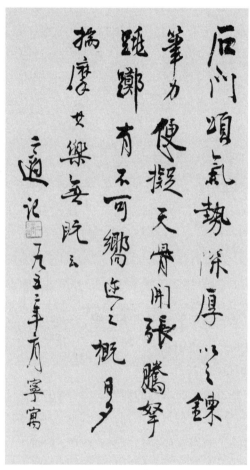

高二适行书条幅

求雨山的确不险峻，不巍峨，对于我来讲，求雨山的魅力，在于闻名遐迩的林散之、高二适、胡小石、萧娴的纪念馆，建在求雨山上，十多年了，这几位在书法、学术领域具有历史性影响的人物，默默接受后来人的拜谒。

六朝古都多文人骚客，即使是当代的南京，一眼望去，也会看到如此隆重和奢侈的精神集合。求雨山上的文人方队，是南京的骄傲。

二〇一二年的夏天，到南京参加"金陵论坛"，彼时，我正经历着一场不大不小的笔墨官司，主办方也许碍于这场笔墨官司的是是非非，没有安排我的大会发言，因此，时间宽裕，就想去求雨山看看。这座山以秀美、精巧闻名，不见名山大川的傲慢和豪气，以含蓄、内敛博得文人的喜爱。尤其是声名远播的金陵四老的纪念馆在山中安然，高二适之墓在山中沉睡，阵阵沉郁的墨香，会穿过树枝和树叶的缝隙，飘向远方。

金陵四老均有深邃的文化魅力，林散之的草书格高墨畅，对当代书法创作还在产生影响。胡小石的学术研究视野独特，著述丰富，所作隶书豪迈超逸，风格独特。萧娴得康有为亲炙，大笔豪情，有"伟丈夫"之气概。高二适深刻、狂狷，温情、冷静，有现代知识分子的人格特征，所揭开的"兰亭论辨"，成为中国读书人一个难忘的记忆，至今仍然被津津乐道。

山路通畅，在山岚氤氲的画意中前行，有诗意的感觉。金陵四老的纪念馆建在求雨山的山坳里，彼此可以相互遥望。时间有限，我愿意在高二适纪念馆和高二适墓地更多地停留。金陵四老没有庸常之辈，我似乎更喜欢高二适，更愿意向他表达我对历史的理解。

往高二适纪念馆的路上，途经林散之、萧娴的纪念馆。从外观欣赏，每一个纪念馆都有创意，只是我不懂建筑，说不出所以然。高二适纪念馆的建筑有点奇崛，高低、宽窄，色彩、形状，所呈现的是冷调子。这是不是高二适人格化的体现？我想是的。

走进高二适纪念馆，看到了章士钊所书的"万古云霄一羽毛"，这是一个单元的标题。想必是纪念馆的策划者也看到了这句诗之于章士钊和高二适的特殊关系。

"万古云霄一羽毛"，这是杜甫的一句诗。杜甫《咏怀古迹五首》之五："诸葛大名垂宇宙，宗臣遗像肃清高。三分割据纡筹策，万古云霄一羽毛。伯仲之间见伊吕，指挥若定失萧曹。福移汉祚终难复，志决身歼军务劳。"陈述了诗人对诸葛亮的崇敬之情。显然，在历史深处摇羽毛扇的诸葛亮，在杜甫的眼中智慧而艰辛。

高二适纪念馆"兰亭论辨"单元，述说着陈年旧月的争鸣，在灰黄的照片和漫漶的字迹里，呈现着各自的辛酸。陈列柜和墙壁上的旧文旧照，蒙一层当年的尘土。疲惫不堪的《文物》杂志，纸张脆黄的《光明日报》，如一位禅师，不语，却思绪万千。

二

今天，对"兰亭论辨"的解读是复杂的。不管如何复杂，毕竟会有前因后果。一九六四年至一九六五年间，在南京出土了《谢鲲墓志》和《王兴之夫妇墓志》，两块碑的碑文都是用隶书写成，质朴、厚拙。"王谢"是指王兴之和谢鲲，前者是王羲之堂弟，后者则是谢安的伯父。作为东晋的政治强人和贵族，他们的墓志自然得到重视，人们开始在这两块墓志中破解积存的历史难题。碑文是隶书，郭沫若便以此为依据，认为王羲之的《兰亭序》的书写没有隶书笔意，因此有了如下结论：行书《兰亭序》"既不是王羲之的原文，更不是王羲之笔迹"，《兰亭序》的文章和墨迹均是王氏第七代孙——隋代出家禅师智永"所写的稿本"。郭沫若把自己的发现写成论文《由王谢墓志的出土论兰亭序的真伪》，刊于一九六五年第六期《文物》杂志。

高二适看到了这篇文章，当然，看得非常仔细、认真。作为江苏省文史馆的馆员、具有全国影响的书法家，高二适不同意郭沫若的观点。对《兰亭序》的质疑，郭沫若不是第一人。清末学者李文田率先指出《兰亭序》的"漏洞"，他说《兰亭序》"文之题目与内容，与《世说新语·企羡篇》刘孝标注本所征引不同，是梁以前之兰亭，与梁以后之兰亭，文尚难信，何有于字"？这还不算，李文田又作四首七绝，烘托自己对《兰亭序》的判断，其中一首写道："唐人未甚重《兰亭》，渊圣尊崇信有灵。南渡士夫争聚讼，后来都作不刊经。"

很快，高二适写就了与郭沫若的商榷文章《〈兰亭序〉的真伪驳议》，提出"《兰亭序》为王羲之所作是不可更易的铁案"。他试图以此文与郭沫若讨论《兰亭序》的真伪问题。

关于《兰亭序》的真伪，关于郭沫若与高二适论辩文章的长短，我没有评判的学识。我的兴趣在于，本来是一个极其普通的学术研讨，何以难以展开；就一件艺术品的真伪争辩，又何以需要得到最高领导的"钦定"？这样的时间纠结和文化冲突，才是我思考的焦点。

彼时，郭沫若是副国级领导人，位高，权不重。但是，他在学术界的权威地位无人抗衡，敢于在他面前说一个"不"字，恐怕要吃几个豹子胆。

《〈兰亭序〉的真伪驳议》难以发表。高二适想到了自己的恩师章士钊。章士钊比高二适长二十三岁，民国期间，高二适向章士钊主编的《甲寅》杂志投稿，文章得到章士钊的赞赏，还向于右任做了推荐。正为标准草书谋划的于右任看了高二适的书法，称之为"书有家"。抗战期间，章士钊与高二适住在重庆，两个人"朝夕相依，最为投合知己，唱酬挟策不绝，留下诗篇颇多"。一九四九年以后，高二适的境况不佳，章士钊没有忘记这位学生，他手书推荐信让高二适面见南下视察的董必武，可惜不遇；继而谋调高二适进中央文史馆，还是不果，最后推荐高二适任江苏省文史馆馆员。在重庆，高二适曾任立法院秘书，"反右"期间，又是章士钊力保，高二适才得以避免"右派"的帽子。"文革"期间，高二适的家被抄，图书字画被洗劫一空，章士钊依然不忘旧情，不断询问，所抄书籍字画才完璧归赵。高二适之子结婚，章士钊吟诗祝福，高二适夫人病重，章士钊知道后寄款五十元。这样的友情，左右着章士钊对高二适的理解，他阅读了高二适的《〈兰亭序〉的真伪驳议》，对高二适的观点是支持的。在西总部的住所，章士钊提笔致书毛泽东，他知道，与郭沫若的商榷文章，没有毛泽东的支持是不会发表的。在信中，章士钊诚恳地说道："……江南高生二适，巍然一硕书也。专攻章草，颇有发明……此钊三十年前论文小友，入此岁来已白发盈颠、年逾甲子矣。然犹笃志不渝，可望大就。乃者郭沫若同志主帖学革命，该生翼翼著文驳之。钊两度细核，觉论据都有来历，非同随言涂抹。郭公扛此大旗，想乐得天下劲敌而周旋之。（此论学也，百花齐放，知者皆应有言，郭公雅怀，定会体会国家政策）文中亦涉及康生同志，惺惺相惜，此于章草内为同道。该生来书，欲得我公评鉴，得以公表……钊乃敢冒严威，遽行推荐。我公弘奖为怀，惟（望）酌量赐予处理，感逾身受。"

章士钊有恩于毛泽东，在很多时候，毛泽东还是给章士钊面子的。一九六五年七月十八日，毛泽东看了高二适的文章，即刻提笔，回复章士钊："行严先生：各信及指要下部，都已收到，已经读过一遍，还想读一遍。上部也还想再读一遍。另有友人也想读。大问题是唯物史观问题，即主要是阶级斗争问题。但此事不能求之于世界观已经固定之老先生们，故不必改动。嗣后历史学者可能批评你这一点，请你要有精神准备，不怕人家批评。又高先生评郭文已读过，他的论点是地下不可能发掘出真、行、草墓石。草书不会书碑，可以断言。至于真、行是否曾经书碑，尚待地下发掘证实。但争论是应该有的，我当劝说郭老、康生、伯达诸同志赞成高二适一文公诸于世。柳文上部，盼即寄来。"

也是在这一天，毛泽东致书郭沫若："郭老：章行严先生一信，高二适先生一文均寄上，请研究酌处。我复章先生信，亦先寄你一阅。笔墨官司，有比无好。未知尊意如何？敬颂安吉！并问力群同志好。章信、高文留你处。我复章信，请阅后退回。"

领袖的力量是巨大、无穷的。毛主席致郭沫若的信函发出的第五天，高二适的《〈兰亭序〉的真伪驳议》在《光明日报》发表，更为隆重的是，高二适的手稿全文影印发表于一九六五年第七期的《文物》杂志。

仅半年的时间，《光明日报》等报刊发表了几十篇争鸣文章，启功、张德钧、龙潜、赵万里、于硕（于立群）、史树青等人支持郭沫若，唐风、严北溟、商承祚等人支持高二适。

"兰亭论辨"，就这样艰难地出现在"文革"发轫的前一年。

三

走出高二适纪念馆已是傍晚，接连几天的雨停歇了，天空厚厚的云层缓缓向西移动，疲弱的阳光，吝啬地涂在山峦、树冠、屋顶。放眼望去，总算有了轻松的心情。

高二适纪念馆的一侧，是高二适的墓地，一条石子铺就的甬道连接着纪念馆和墓地，依我看来，这条弯弯曲曲的甬道，就是高二适的另外一条血管，沟通的是高二适又一个生命。站在墓地前，脑袋里一片空白。平坦、素朴的墓地，如一首凝重的小诗，呈现着岁月的旋律。墓地四周有青青翠竹，一如墓地一样素朴的翠竹，不知能否在夜深人静的时候看到走出墓地的高二适，以他特有的姿态，读线装书，写苍劲字，诵高古诗？

　　至今，"兰亭论辨"余音袅袅，对郭沫若和高二适的文章肯定者有之，否定者有之。一九七一年，《柳文指要》由中华书局出版，其中的《柳子厚之于"兰亭"》一文，批评了郭沫若等人对《兰亭序》的否定，他认为郭沫若是"以一定万，以偶冒常""持论诡谲，不忠于实"。一九七二年，郭沫若在《文物》杂志刊发《新疆新出土的晋人写本〈三国志〉残卷》，文中对七年前章士钊支持高二适的学术观点予以批评。

　　高二适代替章士钊撰写了商榷文章，可惜，报刊不肯发表。一九八二年，高二适将此文定名为《〈兰亭序〉的真伪之再驳议》，刊于同年的《书法研究》。一篇文章跨越了十个年头与读者见面，一定不是正常的事情。

　　历史的复杂性，艺术问题的复杂性，无一不让我深陷沉思。但是，让我精神抖擞的是高二适的人生姿态和学术良知。那是文章惹祸的年代，莫须有的罪名就在读书人的头顶盘旋，放弃思考和写作的人为数众多。庆幸的是，高二适没有选择沉默，他觉得安全地读书、世故地写字，于他是一种侮辱。可以没有高官厚禄，可以没有骏马佳肴，但一吐内心的真情，坦陈自己的识见，该是一个人，一个读书人不能拒绝的操守。于是，在那个沉闷的年代，我们听到了一种富有个性的声音，听到了一位老人疲惫的呐喊。

　　冯其庸在《怀念高二适先生》一文中说道："兰亭论辨""不仅仅是一种书迹的真伪问题，更重要的是我们要造就一种什么样的学风和文风，我们能不能树立一种惟真理是从的良好

《兰亭论辨》，文物出版社，一九七七年十月版

风气"。的确，封建家长制横行的年代，文学与学术，无不存在政治化的倾向。看似偶然生发的"兰亭论辨"也是波谲云诡的，险些被政治运动所利用。这一年的年底，也就是一九六五年十一月十日，姚文元在《文汇报》发表了《评新编历史剧〈海瑞罢官〉》，一场前所未有的民族浩劫开始了。从此，中国有良知的知识分子不是沉默，就是被迫害致死。因此，我们对"兰亭论辨"的回眸，总要出一身冷汗。

于是，"兰亭论辨"，成为中国知识分子争取学术自由的象征。

我在高二适的墓地徘徊了许久，这座整洁的墓园清净、寂寥，但，远远望去，却如同一座无语的丰碑。的确不需要人头攒动，不需要漫长的凭吊队伍，就好比墓旁的翠竹，给人一个笔直的印象就足够了。

傅雷维权

一九六一年八月三日,傅雷还是一名"右派"。这一年的九月,政府才把他的"右派"帽子摘掉。戴"右派"帽子是惩罚、摘"右派"帽子是恩赐的习惯心理,希望傅雷表态,对摘掉"右派"帽子的"恩赐"表达感谢。傅雷拒绝了,他说"宁可戴着帽子也不承认当初有错"。

值得注意的是,一九六一年八月三日,"右派"傅雷给上海市副市长曹荻秋写了一封维权的信,他代表上海市江苏路二八四弄安定坊全体居民,当然,也包括他自己,要求归还"本弄七号住宅花园及里弄走道"。

《傅雷致友人书信》二○一○年十月出版。作为傅雷手札的钟爱者和研究者,我按傅敏先生的要求,为新录入的书信尽了一点绵薄之力。这时，我看到了二〇〇八年才发现的傅雷致曹获秋的手札。这通手札是特殊岁月、特殊情况下一位身染政治沉疴的读书人的呻吟与诉求。本来这样的呻吟与诉求不应该成为一个健康社会的"另类"，只是万马齐喑的时代，读书人身不由己，哪怕是为了维护自己些许的权益，都会惹来没顶之灾。

读了一过，又读了一过，我的内心十分苍凉，想象傅雷当年，写这通手札时，该有什么样的心情，什么样的忧虑。

读书人就是读书人，这通手札依照传统手札形式，语辞文雅，意清理畅，收信人写在信尾。在现代信函去程式化和文学化的时代背景里，傅雷一反常态，没有"横向取法"，不去"此致革命的敬礼"，而是以"是否有当，谨乞钧裁。谨呈上海市人民委员会曹副市长获秋"的传统敬语，为一通颇具历史感的手札画了一个文意融融的句号。不妨通读一过——

本市江苏路二八四弄安定坊全体居民（雷本人亦在其内），于七月二十五日联合具名，为本弄七号住宅花园及里弄走道，被上海市电管局基建公司机械化站擅自占用二年以上，今该站开始他迁，要求恢复原状，以后单位勿再占用一事，分别上书上海市委及市人委人民来信组声诉。

八月二日上午，市人委派员向安定坊七号住户支玉琦了解，谈话过程中仍强调工厂困难，住户提出"该厂应就原有范围内安排"，调查员同志即有今日提到"范围"二字已是不合之意；住户提出妇孺安全问题，同来调查之运输方面同志又强调应由家长加强儿童教育。

鄙意以为：（一）政府一切部门，大小企业，不论业务及使用地面，历来均有明确范围，人民要求工厂在其固有范围内克服困难，并不错误。

（二）目前党的政策并非强调企业单位可以只顾自己，不顾其他。

（三）里弄居民为了照顾国家工业建设已忍受种种不便二年有余，今仅要求恢复原状，并非额外奢望；工厂越界占用二年，亦已到照顾居民的时候了。

（四）倘人民来信组调查人员仍从片面着眼，袒护企业单位，则人民大众意见永难上达，困难亦无解决之望。

（五）党中央规定一切工作均应贯彻公社十二条及六十条之精神，厂方不允恢复里弄原状，恐有"一平二调"之嫌，而人民来信组调查同志对于工厂所犯原则性及政策方面的错误，显然未予应有的重视。因特唐突上书呼吁。恳求嘱令人民来信组在实地调查研究之时，进一步体会党中央政策，从全面观点出发，多多照顾人民生活福利，勿先持有企业单位比一切都重要之成见；让调查报告更能忠实反映人民大众的意见与困难，而党群关系亦可进一步改善，同时亦进一步提高党的威信，增进人民爱党爱国的热情。是否有当，谨乞钧裁。

　　谨呈

上海市人民委员会

曹副市长荻秋

　　详细事实，请参阅附件：

　　一、全体居民致上海市人民来信组公函一件。

　　二、全体居民致中共上海市委员会来信组公函

一件。

傅雷拜上

一九六一年八月三日

江苏路二八四弄安定坊五号

　　这通手札逻辑严密，申述立场基于公民的基本权益，其中傅雷所列的五条鲜明地表达了他对公民社会的认知，对现实社会的了解。即，目前党的政策并非强调企业单位可以只顾自己，不顾其他。里弄居民照顾国家工业建设，国家亦已到照顾居民的时候了。倘人民来信组从片面着眼，则人民大众意见永难上达。人民来信组在实地调查研究之时，进一步体会党中央政策，从全面观点出发，多多照顾人民生活福利，勿先持有企业单位比一切都重要之成见。

　　讲事实，明道理。

　　傅雷代表的江苏路二八四弄安定坊全体居民并非自私自利的市民，他们看到，对群众利益的侵害，也是对政府形象的损

害，为此，傅雷强调"让调查报告更能忠实反映人民大众的意见与困难，而党群关系亦可进一步改善，同时亦进一步提高党的威信，增进人民爱党爱国的热情"。

傅雷努力做到以理服人。

公平、正义，是和谐社会的不二法宝。傅雷头顶"右派"之冠，身裹政治寒气，尚能够仗义执言，为中国读书人树立了光辉的榜样。

二〇一〇年，我到上海浦东参加纪念傅雷诞辰一百周年纪念活动，其间，我与朋友驱车到江苏路寻找二八四弄安定坊，想看一看傅雷当年居住的地方，遗憾的是，路不熟，汽车在江苏路盲目转悠，无法接近我们想去的地方。回浦东的路上，我想，江苏路二八四弄安定坊很有可能不存在了，迅猛的城市化浪潮，有可能把那里夷为平地，取而代之的是栋栋高楼。我又不能不想，拆迁过程中是否会出现傅雷目睹的"先持有企业单位比一切都重要之成见"，以增加 GDP 的口实，侵害了群众利益？那么，如果不乐观的事情存在，是否还有像傅雷一样的人，致函政府，为群众维权？种种假设，权且是杞人忧天了。

夏志清为画家写的序言

　　与詹忠效通电话，发现这位不算年轻的画家是"不安分"的人，今天北京，明天广州，过几天，就去香港，再过几天，又到美国了。我策划的美术活动，詹忠效先生是必请的，只是詹先生马不停蹄地在国内外穿梭，很难如愿以偿。

　　二〇〇八年的夏天，给他打电话，他正在纽约，高兴地告诉我，他刚刚从夏志清的家中取回一篇序言，是为他《白描精绘金瓶梅》所写的序。显然，詹忠效非常高兴，末了，他又说："夏老很少给画家写序的。"

　　詹忠效的感受我是理解的。

　　詹忠效，当代著名画家。现任美国《美中画报》杂志社社长、中国线描艺术研究会副会长。自幼习画，对版画、油画、

詹忠效国画《春舞》

中国画、插图和连环画均有涉猎。后致力于毛笔白描研究，他通过对"以繁代简，繁中求简"的探索，积累了丰富的白描创作经验，为画坛所重。中国美协主席刘大为在一篇文章中说道："近日忠效来京，我看到他带来的一批新作，无论是小幅的肖像写生，还是大幅的主题性创作，都可以看出他对线的运用的精湛造诣。他在三十年的不断实践中，丰富了线的神奇表现力，为反映时代精神，成功地用线表现现代人的服装，为中国画线描人物的发展，作出了杰出的贡献。"

刘大为的评价是中肯的。一九七二年，詹忠效就尝试繁式线描，将一套反映女电工的连环画《弧光闪闪》刻画得生动活泼，形象感人，为此，突破了单线对工业题材所面临的种种难度，并在描绘环境、塑造人物、渲染气氛的技法上取得了难得的突破，被美术界誉为七十年代线描探索的经典之作。

改革开放初期，詹忠效去美国发展，渐渐淡出中国画坛。然而，毕竟是一位成果丰硕的画家，至今，许多中国读者对他记忆犹新。我就是其中之一。

夏志清给詹忠效的画集作序，的确是值得关心的事情。

夏志清刚刚辞世，是中国人熟悉的一位学人。一九二一年二月十八日，夏志清出生于上海浦东。一九四二年沪江大学英文系毕业。一九四七年赴美，一九五一年在耶鲁大学取得博士学位，先后执教美国密歇根大学、纽约州立大学、匹兹堡大学等校。一九六一年，夏志清在美国用英文写作，出版了《中国现代小说史》，一举成名。一九六一年任教哥伦比亚大学东方语言文化系，一九六九年为该校中文教授，一九九一年荣休后为该校中文名誉教授。二〇〇六年，夏志清当选台湾"中研院"院士。

夏志清作为文学史家和文学评论家，对当代中国文学走向世界作出了重要贡献。同时，他一反呆板、僵化的文学观念，对中国现当代作家予以新的评价，使他们从历史的谜团和意识形态的魔咒中展露出真实的容颜。《中国现代小说史》对以前被忽略和轻视的作家张爱玲、沈从文、钱锺书、张天翼等人给予了高度的评价。他说，张爱玲的《金锁记》是"中国从古以来最伟大的中篇小说"，钱锺书是吴敬梓之后最有力的讽刺小说家，张天翼是"这十年当中最富才华的短篇小说家""鲁迅妒忌张天翼，因为张天翼的讽刺能力比鲁迅还厉害""可能是张天翼的左翼作家身份让大家现在对他不感兴趣了，他虽然是左翼作家，但他是同时代作家里短篇写得最好的，尤其是写人的阴暗心理以及喜剧"。

对鲁迅和周作人，夏志清倾向后者，他说自己的判断是以文学标准为据，不考虑意识形态和政治方面的因素。

夏志清在中国出版的书读了几本，如《人的文学》《新文学的传统》等，读后，思维通达，视野开阔。他所推崇的张爱玲，睿智、灵秀，也读得津津有味。只是他对鲁迅的不恭，我是不能接受的。

回到广州的詹忠效，带回了夏志清为他写的序言。文学史家对画家怎么看，对画了解多少，我尤为感兴趣。于是，我匆匆赶往广州，看夏志清的序言。这是一份手写的文稿，竖写，自右至左，字迹清秀、工整，笔画内敛、稳重。如此平常的字，往往出自西学修养深厚的学人之手，这样的人，能够写得一手好洋文，却对汉语书写显出笨拙。中国学人的许多惊世高论，是用英文写出来的。这样的例证，在美国、欧洲，在大陆、台湾、香港比比皆是。这种例证，玩味起来也是颇有意思的。

夏志清的序如下：

名画家詹忠效每次来纽约，必住在其亲妹詹媛家里，也必同我通电话，相约聚餐畅谈。十多年来我们夫妇同其兄妹每年至少相聚两三次，早已转成无所不谈的好友了。最近知悉忠效弟即要为《金瓶梅》绘构一套情节人物画，我兴奋不已，预祝此套白描画当是忠效为古典小说"绣像"而有突破性的新成果。

我于一九六八年出版了一部英文著作 *The Classic Chinese Noval*，最近南京江苏文艺出版社又为此书的中译本出了个新版，题名为《中国古典小说》。此书讨论六大名作，五部我在出国前即已用心读过，只有万历本《金瓶梅词话》我到哥大执教后才能借到，研读了数月。一九七八年四月，台北联经出版公司终于影印了该书限定版三百部，且赠我一部装成两套的线装书共二十册，非常感谢。

此套原是木刻的线装书，当年我不曾翻阅，看到每页十一行，每行木刻字排印得如此整齐美观，心里真是舒服。唯一遗憾，全书共有一百回，每回都有两张插图，实在画得并不高明。因为晚清以前，我国画家，大体说来，都不会画人，尤其是女人，更不会画裸体女人，所以《金瓶梅词话》的每幅插图，楼房树木石头占较多的篇幅，画得也还算像样，男女角色都画得较小，马马虎虎画过就算了。

　　詹忠效为《金瓶梅》至少要创绘二百幅画，每幅人物画得有精神、有生命，这是他面对的最大挑战，我相信也将是他在正视人生多方面的白描作品间最光辉的一套杰作。

夏志清
纽约，二〇〇八年六月二十五日

　　这是一篇随手拈来的短序，谈到自己与詹忠效的友谊，谈到自己对中国古典文学的探求，进而谈到中国古典小说的插图，坦言对中国传统插图失望。因而，他寄希望詹忠效能够画出"有精神""有生命"的白描佳作。

　　序言的文化信息量较大，遗憾的是对美术本身缺少直接的阐述。或许他的知识谱系中没有美术的积淀，或许他对美术缺少兴趣。能够提笔为一位中国画家写序，因为詹忠效的《白描精绘金瓶梅》是基于文学的再创作，才有话可说。尽管所言甚短。但，这毕竟是一位闻名遐迩的著名文学史家和文学评论家对美术的真实见解，自然弥足珍贵。

黄永厚致孙家琇的一封长信

一九九七年，我与颜家文走进黄永厚的家。那是坐落在北京通州区的一套公寓，不宽敞，也有一点凌乱。黄永厚是画家，纸墨笔砚自然是家中的主要陈设，唯一不同的是，黄家的书很多，有些书翻卷着，躺在床前案头。黄家的书一看就是用来读的，不像我认识几位当代画家那样，豪华的书房，装帧精美的书仅是一种给人看的摆设。

颜家文与黄永厚是同乡，亦是老友，相谈甚欢。当时，颜家文主编的《芙蓉》杂志正在连载黄永厚的大哥黄永玉的一部长篇小说，两人就议论起一个著名画家所写的文学作品。记得黄永厚说："有人说，黄永玉的小说可以跟《红楼梦》媲美了?"颜家文笑笑，没有说什么。黄永厚接着说："可不能胡来哦。"颜家文又笑笑。

琇老师：敬祝您老寿比南山、福如东海。

　　早上寄上《捉蒲田图》中午趁快补上一个说明，申午想了一下怕您老检视麻烦、重新把顾况的原词抄在画上这样一来免不合别人的胃口，胱心您老花给别友看哔疲于保护我（我可没让您老想护我啊，）又在"金缕曲"前后加写了两段文字：　　"毛地罢跪章，放胆笑梁汾。"——（找抱着给人厮肥的蒲田到处找不到受我勒拜的记恨，於是便五放开肚子啊笑别人（梁汾、顾贞观的老,其实华峯）面向他头了。)

　　"哈人深惡画上卖文章（为一流、应该谈说在大多数画家不读书,不知道画上没为长跋迸去曾被人啊为"发跋",即便在画上落一姓名盖一个图章,不知长跋是咖涛以来已被所谓文人画家发展走来的一种特殊国画形式)余晒之。（我才不以为然呢,）是知我画之不可售（我咖白白的这种画卖不掉）乃孙意作文抄公（所以横了心要当文抄公。即连别人的文章也统上抄下没关了。)密人麻人凡缝傅墨,惟恐空了实皮囊,（于是不以为耻地,凡有空白地上款罢,就抄,惟恐肥肚皮空人装不世墨水,)或自姜

黄永厚致孙家琇信初页

·8·

大概是坳印元来即成铁案不可改。倘若是为了培养编辑的"人之患"，我们尽可能一天写它十篇八篇，坐收多产之利。

您老说是不是？坦白说，我们左凤恩先生的天喔得是什么少数民族，该不完还是镇压苗人的发军后裔。那个种族都为好人坏人，依历土关係倒是怕西谷了我们一些得气和喜气，毒悍不多笔人民列南军阿弥陀佛。最近读了丁玲一篇谈初地辣的文章，因为许多初奢赃得用户籍的坦白交結才引。

老师您老千万别信山里的纯朴，再纯朴也遭不住浮华的污染，多米诺骨牌垮一排是自己，沿边的毒顺势倒去。这几天我绿荒大多时间用去叹拴家多人请教如何成名成家的纯朴问题。做模范的是衣锦荣归的人，替这麽谊的事只教叫花子，编刻那書寡中的人不唇巌超度的好子。纯而又纯，朴而又朴，莊子曰：言无遾，为遾的都雉言得很，能讲的全是鬼话，不中听，不中受用害死人。现左是82年早晨节一个四点钟，我为我们两家写了一个除夕用废纸剪了一串纸钱赕给苍苳苳上天多讲几句好话。保佑您老和平老！恭福长寿。

新年好！

合肥工业大学学报　黄永厚1982,1,1,

黄永厚致孙家琇信末页

　　黄永厚是小个子，刚过七十，思维敏捷，步履出奇地矫健，不显丝毫的老态。这时候我还不知道他也是作家、书法家。黄永厚写一手高妙的文章，凝练与深邃的程度，令人咋舌。他又写得一手草书，草法严谨的草书，也让我感叹良久。

　　可惜，此前我对他的了解有限。

　　那一天，他给我写了一副对联，又送给我一张画作，出手之大方，让我感受到先生浓烈的文人性情。我拜望画家、书法家，从来不要作品的。尤其是现在，这些东西日渐珍贵，要作品跟要钱一样，君子更不能张口了。

　　离开黄府，一别就是几年。这期间我在《中国经济时报》《书屋》《读书》等杂志，拜读了黄永厚的许多文配画的作品。画老辣，文凝重，嬉笑怒骂，显示了作者宽博与深刻的卓识。与颜家文谈我的感受，他说我的感受是对的。

　　黄永厚像一口耐人寻味的矿井，只要有耐心，自然会有新的发现。他与孙家琇先生的亲密交往，是我最近了解到的。缘起于我收藏的黄永厚致孙家琇的三封信札。

　　我与孙家琇也是有点缘分的。我在中央戏剧学院长春编剧班学习时，有幸听了孙先生半个月的课，讲莎士比亚、讲《李尔王》时，老人泣不成声，让我们心痛不已。虽然我学编剧，但我的志向是当一名记者，于是，我经常给报社写一些人物专访，与孙先生相识，自然产生了采访她的欲望。那一天，我们谈了许多，她第一次来长春，讲了自己的感受，也讲了自己求学、治学的经历。她是浙江余姚人，一九三九年获美国蒙特霍留克大学研究院戏剧文学系硕士学位；回国后，在西南联合大学、武汉大学、金陵大学、南京戏剧专科学校任教；一九四九年后，历任中央戏剧学院戏剧文学系主任、教授，国务院学位委员会学科评议组成员，中国莎士比亚研究会副会长，文化部艺委会委员，中国文联第四届委员，中国剧协第三届理事；一九七三年后两次获全国三八红旗手称号，是第六届全国政协委员，编著有《论莎士比亚四大悲剧》《马克思、恩格斯和莎士比亚戏剧》等。她是我国著名的莎学研究专家。她在学术研究上取得了令中外莎学界瞩目的成就。她的莎学研究和有关莎士比亚的学术活动，构成了二十世纪最后二十二年有中国特色莎学研究的一个不可缺少的部分。在吸收、追踪西方莎学的基础上，对西方莎学研究谬误一一指出。这是构成她的莎学研究思想中的两个最突出的特征。

采访孙家琇先生时，我二十一岁，孙先生感觉到我对理论有兴趣，就劝我考研究生。我说自己的外语不行，她一抬头，朗声说道："你小小年纪，学五十年外语，还没有我大呢。"这一年，孙先生刚逾七十，她对生活的信心，对理想的执着，给我留下了难忘的印象。只是我内心浮躁，至今未能学好外语，愧对了孙先生的嘱托。

黄永厚与孙家琇是在改革开放的初期相识的。七十年代末，孙先生到安徽讲学，在《安徽戏剧》看到一篇评论莎士比亚《李尔王》的文章《三姑娘与"诤也"——论悲剧的传统》，引起了她的注意。作为莎学专家，孙先生第一次看到作者黄永厚的名字，她饶有兴趣地打探黄永厚的来历。于是，两人于合肥相识，又于合肥订交。

我收藏的黄永厚致孙家琇最早的一封信，写于一九八二年一月一日，是一封长信，所议问题庞杂而细致，略有删节，录之如下：

琇姑师：敬祝您老寿比南山、福如东海

早上寄上《捉蒲团图》，中午赶快补上一个说明，下午想了一下，怕您老检视麻烦，重新把顾贞观的原词抄在画上，这样一来很不合别人的胃口，担心您老在给朋友看时疲于保护我（我可没说您老袒护我啊！）又在《金缕曲》前后加写了两段文字："无地置跪草，放胆笑梁汾。"——［我抱着给人屈膝用的蒲团到处找不到受我朝拜的顾主，于是便放开胆子嘲笑别人。（梁汾，顾贞观的号，其字华峰）只会向上级叩头了。］

时人深恶画上卖文章（有一派，应该说现在大多数画家不读书，不知道画上没有长跋。过去曾被人嘲为"贫跋"，即仅在画上落一姓名盖一个图章，不知长跋是明清以来已被所谓文人画家发展出来的一种特殊国画形式），余咝之，（我才不以为然呢！）是知我画之不可售（我明白自己的这种画卖不掉）乃孤意作"文抄公"（所以横了心要当文抄公了，即连别人的文章也往上抄个没完了），密密麻麻，见缝落墨，惟恐空了臭皮囊（于是不以为耻地，见有空白地上就写，就抄，惟恐自己肚皮空空、装不进墨水），或自美其名曰"补课"！死而无悔也（还自己美其名说是为了给自己补课，活着一天就学一天，死了也不翻悔）。贫富有种，饱食自知，吾何辩哉（学识的贫富原来是有种的，人家是生而知之，饱饿的感觉只有自己明白，这中间的道理我何必和人辩论呢）？

……

关于一百张花鸟（画）的想法是梦麟来信促成的，说是不要"藏诸名山"，已为我联系上香港客商，专为低价改善经济状况用的，实收百元人民币一张，但我试了一下，颇不顺手，正如您老担心的审美价值和艺术水平，我怎么也扭不过怎么画出这类的一套思路这个弯子，浪费了不少纸，正在为难中，譬如80年上海出的那张《天鹅》单张年历，那是赌气时画的，只此一张，偏偏别人就看中那张了，因为工大有个老干部说："你就不能试一试黄永玉那种诗人喜欢的画法么？"请您老评评看，它可像黄永玉的"大刷子"作品呢？题为《一池蛇影噤群蛙》稼轩句（蛇吃青蛙的，群蛙正在得意地鼓噪）。（蛇不好画）可是，等到天鹅一出现，他的投影像蛇一样，（其实天鹅也吃青蛙）把那些善于吹牛的群蛙吓哑了嘴巴子了。但是，老师，"慰劳一下农民"这有多难啊！回顾一下旧社会，农民要不就是卖杨柳青版画，城里有做生意或读书的人能搞到一些"哈德门"香烟广告大美人画，就算中等水平的了，土财主则会仿效城市大地主家挂山水中堂，或甚至破点财请个有名气的画家来一套四扇屏——梅兰竹菊，管它懂不懂也觉着高雅别人一等。但这"高人一等"是颇具优越感的，对推广真正的艺术（不是刻意迎合文化水平）提高人民鉴赏、审美水平大有功劳的——因为它符合马克思"一件好的艺术品创造了一个欣赏艺术的公众"这句话的思想。音乐的耳朵，和美术的眼睛也是劳动的产物，即专业长期训练的产物，这和电影《樱》那么吃香（还特意拿到日本去讨好）《哈姆莱特》卖不出票遇到的问题是同一性质，我们搞提高人民文化水平这些年尽搞形而上学，毫无办法，当年选我两张画去制版的余白墅（永玉的老友）即说："真没办法，按理说像《海瑞图》（讲彭德怀和周信芳的）这类传世名世之作要比《天鹅》高多了，不能不考虑农民卖不卖啊！"多为难他啊！您老不是说新房子挂大美人吗？我们最高学府的教师宿舍何尝不是这些媚脸呢？马列主义评论家王朝闻不是爱写"工农兵喜闻乐见就是好"吗？这也不是王的发明，这是毛老人家定的规矩，没得讲的。胃口全被败坏了，而有些没出息的剧作家和画家，特别是前面冠有"名"字的，都附和着这么干，顺水推舟，那么，行逆水船的人只好把全力放在免于跌进漩涡里去，哪里还顾得上更多的奢望呢？

　　我也画儿童画，常给《安徽儿童》作些小连环画，小猫小狗，四块钱一张，十张一套四十块钱，照上海美影厂一位老画家检查时说的："我这一辈子犯的罪是骗小人！"但这种画太好画了，一个晚上就行了，可惜一个刊物不够朋友们分，就是说，骗小孩子的骗太好了，而且，我这个工大清水衙门又没有与人交换的刊物，老要朋友念旧情照顾是不行的，有时也跟别人讲几句好听的话，体谅一下编辑的苦衷，"喂，下雨的面大些，照顾照顾别人，别来我这里去挨人家骂了"，大家会心一笑。

您老和巫老要的那张画，谢谢您（你）俩那么关心，衷心地感谢！连杂志旮旯都发现了，这张画为黄河（张按：黄永厚之子）今年报考补充路费时卖给安徽博物馆了，两百元。我是不到急得"火烧屁股"时想不到做这种事的，您老指出《炼丹》的意思比《社会科学战线》在战壕里的编辑高明多了，而且人家明明印出是《炼宝》，叫我哑巴吃黄连有苦不好说，当然，这也怪不得他们，我寄去的，试探性投稿的黑白照片一大堆，大小尺寸跟发表的尺寸差不多。要是他们在发表前写信问一问我也好，也许既被当作扉页也就本不必认真了罢，唉！他们宁可就近方便到北京去拍那么一张彩色的画展作封面，我为什么要"嫉妒"人家呢？画上原本是《炼荃》二字，即您老说的"炼丹"的意思，因为我画的正是我国第一个化学家，晋朝道家，抱朴子——葛洪。我素不通道、不美神仙，但很是佩服他的文学见解，如：新剑以诈刻加价，弊方（未验于临床的药方）以伪题见宝，古书质朴。俗儒谓之堕天、（来自天书）今文金玉，常人同之于瓦砾。"忽而又辨证地说"，古诗刺过失，故有益而贵；今诗纯虚誉，故有损而贱也。"养实者不育华，调行者不饰辞"、"重所闻，轻所见，非一世之所患也。"（此句大似《哈》剧中僭王的话）、"立言者贵于助教，而不以偶俗（迎合世俗）集誉为高。"

您老讲的这张画是依据葛洪《抱朴子·文行》里"或曰：（有人说）德行者，本也。文章者，末也……著纸者糟粕之余事（写在纸上的都是实践剩下的东西），可传者，祭毕之刍狗（传下来的无非都是祭祀神鬼用完之后的废物罢了，刍狗——刍草或俗称狗尾巴草扎成的小狗形，用以代替祭神的牺牲）。（这里葛洪行文的绝招是先用反面意见把自己要说的意思打倒一番，反证一下，使其最后无隙可乘，紧接着亮出自己正面的意见）抱朴子答曰："荃（读全，即田边下水的水道口捉鱼的篓子，成进口大、出口小的形式）可弃，（荃，这种鱼篓子我看本来就可以扔掉的呀）而鱼未获则不得无荃。"（但鱼还没搞到的时候还得依靠它帮忙呢）下一句是"文可废，而道未行则不得无文"。（这里指出理论的重要，此句在画题中省了）画集小字不清处即如以上所引，不包括注文。从"或曰"开始，到"不得无荃"止，画上葛洪拿着扇子不干本行炼丹，却炼起了鱼篓，干起文艺理论家的活来了。

钟馗遇《文汇报》，葛洪又遇《社会科学战线》，曾以为这两家全国有影响的报刊或可赏我一口饭吃，不想都叫我吃了闷棍，听说"社科战"是社科院下放（委托）他们办的中央级刊物，此事千万望您老和巫老不要跟那里的熟人提起，以免小题大做，弄得某些人恼羞成怒。那张照片我还收了十元稿费呢。或许是他们看出扇子搞鱼篓不通，有意改的。我就那么绝对高明么？像《安徽戏剧》编辑当年对我商量不要改动《三姑娘》三处理由时回答我的话一样："老黄文章一字都不能动么？"其实，哪里是一字呢。

一、"你使多少诗人受到困扰"删去一"诗"字，把混人和诗人拉平了。

二、"可惜老夫筋骨立，未有余肉为君麻"前有启功二字，删此二字使本人犯了剽窃罪。

三、末尾一句原只有一"唉"字，老编辑换成"哦，我明白了！"硬要降我一级。

还不许问，否则赏你一板子："不谦虚。"我们写文章"特慢"，大抵是怕印出来即成铁案不可改。倘若是为了"培养"编辑的"人之患"，我们更可能一天写它十篇八篇，坐收"多产"之利。您老说是不是？坦白说，我们在凤凰出生的天晓得是什么少数民族，说不定还是镇压苗人的官军后裔。哪个种族都有好人恶人，依风土关系倒是湘西给了我们一些悍气和蠢气。蠢悍不为害人民，则南无阿弥陀佛。最近读了

丁玲一篇谈胡也频的文章，其中就有许多糊涂账得用
卢骚（梭）的坦白交待才行。老师您老可千万别信山
里的纯朴，再纯朴也遭不住浮华的污染，多米诺骨牌
第一张是自己，沾边的都顺势倒去，这几年我得花大
量时间用去回答家乡人请教如何成名成家的"纯朴"
问题。做标本的是衣锦荣归的人。出去释这魔道的却
是叫花子，偏偏那云雾中的人不肯亲做超度的好事。
纯而又纯，朴而又朴，庄子曰："吾无道。"有道的都
难言得很，能讲的全是鬼话，不中听，不中受用，害
死人。现在是82年早晨第一个四点钟，我为我们两
家守了一个除夕，用废纸剪了一串纸钱贿赂81年菩
萨上天多讲几句好话。保佑您老和巫老添福添寿。

　　新年好

永　厚

1982.1.1

　　显然，黄永厚喜欢与孙家琇谈心里话。他对文人画有自己
的真知灼见，一开始就抨击了国画作品中的"贫跛"现象。中
国画历来重视跋语，尤其是中世纪以来，画家们喜欢在画作中
题写冥思遐想、感悟人生的语句，以抒襟怀。这是画作深化主
题的需要，也是画家叩问人生的必要形式。其中的差异，自然
区别了画家艺术审美的高低。黄永厚喜欢长跋，他喜欢在自己
的画作上写满文字，有时是自己的哲词禅语，有时是古贤的诤
言警句。

"长跋"是画家学识的具体体现。黄永厚有读杂书之癖，又有思考之爱，历史与现实的诸多问题，喜欢说长道短。他与孙家琇谈到艺术欣赏的层次之分，对行画的讨巧与文人画的沉寂，对电影《樱》的叫座与《哈姆莱特》的冷场，表示了极大的忧虑。同时，也言及作家、艺术家的操守问题。他极力反击投机取巧的"歌德派"，对"抱着给人屈膝用的蒲团到处找不到受我朝拜的顾主"，对"只会向上级叩头了"的无行文人，绝望之极。在《三姑娘与"谄也"——论悲剧的传统》一文中，黄永厚写道："有种东西，就其腐蚀个人灵魂、败坏社会道德、阻止人类进步诸方面所造成的恶果来说，都要使一切犯罪，包括弥天大罪相形见绌。连世界上最完善的法律也得屈于它的淫威之下，对它肃然起敬，就像一个守候金鸡生蛋的穷老婆子一样，只要那只金鸡蹲在窝里没有'咯咯'作声之前，只能两眼睁大，屏声静气。它是什么？——献媚。就是孔圣人说的'非其鬼而祭之，谄也'的'谄也'。""现今'歌德'派的处境大不如昔了，他们往哪里摆设香案呢？他们的买主是谁呢？为了取得社会承认，他们起码得像《河北文艺》那篇'现代的中国人并无失学失业之忧，也无无衣无食之虑'文章一样，用当面造谣的办法，做一番艰苦的舆论工作，以便把大大小小的李尔（王）亡魂的胃口调动起来才行。"

写于三十年前的文章，读之，不仅没有过时之感，依旧振聋发聩。难免孙家琇要访一访作者呢。显然，孙家琇对黄永厚的"莎学研究"情有独钟，对黄永厚也推崇备至。此后，两人书信不断，谈剧，谈画，谈精神信仰，甚至黄永厚之子黄河的读书之资，孙家瑂也助一臂之力。

　　此信，黄永厚谈到了葛洪的《抱朴子》。画画，黄永厚喜欢作长跋，他寄赠孙家瑂的《捉蒲团图》写上了顾贞观的词。何以写此？他道出了天机——鱼未获则不得无荃，道未行则不得无文。像葛洪，"把自己要说的意思打倒一番，反证一下，紧接着亮出自己正面的意见"。可见，黄永厚的文人智慧远远超过了画家的识见。

　　眼下的这封长信，无疑也是一篇具有思想、充满学识的好文章。我相信，黄永厚写此信，一定比写一篇文章用功多了，他所阐明的艺术立场、编辑方针、哲学思想，对今天的读者仍具有文化的启蒙作用。

书法是一个幽灵

《哭佩弦》，写于一九四八年八月，是郑振铎追忆朱自清的感伤之作。说不清楚多少次阅读这篇文章，只是知道，每每阅读，都会有新的感受，新的发现。

青年时代读《哭佩弦》，对书法也持怀疑态度，当然对郑振铎微言书法深有同感。一句话，书法的艺术品质，我怀疑了多年。

人到中年，书法在我少许沧桑的内心活泛起来，看问题似乎也客观一些，不仅喜爱临帖，同时也愿意思考关于书法形而上的问题。这时，读《哭佩弦》，思想被洞穿，从洞口流淌而出的杂乱思绪，黏合着我的昨天和今日，倏忽凝重。

《哭佩弦》有这样一段：

　　将近二十年了，我们同在北平。有一天，在燕京大学南大地一位友人处晚餐。我们热烈的辩论着"中国字"是不是艺术的问题。向来总是"书画"同称。我却反对这个传统的观念。大家提出了许多意见。有的说，艺术是有个性的；中国字有个性，所以是艺术。又有的说，中国字有组织，有变化，极富于美术的标准。我却极力的反对着他们的主张。我说，中国字有个性，难道别国的字便表现不出个性了么？要说写得美，那末，梵文和蒙古文写得也是十分匀美的。这样的辩论，当然是不会有结果的。

　　临走的时候，有一位朋友还说，他要编一部《中国艺术史》，一定要把中国书法的一部门放进去。我说，如果把"书"也和"画"同样的并列在艺术史里，那末，这部艺术史一定不成其为艺术史的。

　　当时，有十二个人在座。九个人都反对我的意见。只有冯芝生和我意见全同。佩弦一声也不言语。我问道：

　　"佩弦，你的主张怎样呢？"

　　他郑重的说道："我算是半个赞成的吧。说起来，字的确是不应该成为美术。不过，中国的书法，也有他长久的传统的历史。所以，我只赞成一半。"

　　这场辩论，我至今还鲜明的在眼前。但老成持重，一半和我同调的佩弦却已不在人间，不能再参加那末热烈的争论了。

郑振铎涉及书法的言论不是处心积虑，但是，他留在历史时空中的观点，竟然在以后的三十年时间里引起争论，领袖、重臣、学人、名士，均表己见，关于书法的身份，推来攘去，硝烟四起。

附和郑振铎的冯芝生，也就是冯友兰，还有朱自清，对书法的认识有时代性。有趣的是，今天，两个人的书法走俏市场，二〇一二年初，朱自清的诗札，在上海拍到一百二十万的高价；冯友兰的手札，在收藏者之间不胫而走。当时，不知他们是否想到今天。

不妨看看朱自清是如何看待书法的——

至于毛笔，命运似乎更坏。跟"水笔"相比，它的不便更其显然。用毛笔就得用砚台和墨，至少得用墨盒或墨船（上海有这东西，形如小船，不知叫什么名字，用墨膏，装在牙膏似的筒子里，用时挤出），总不如水笔方便，又不能将笔挂在襟上或插在袋里。更重要的，毛笔写字比水笔慢得多，这是毛笔的致命伤。说到价钱，毛笔连上附属品，再算上用的时期的短，并不见得比水笔便宜好多。好的舶来水笔自然很贵，但是好的毛笔也不贱，最近有人在北平戴月轩就看到定价一千多万元的笔。至于过去教育部规定学生用毛笔，似乎只着眼在"保存国粹"或"本位文化"上；学生可并不理会这一套，用水笔的反而越来越多。现代生活需要水笔，势有必至，理有固然，本位文化的空名字是抵挡不住的。毛笔应该保存，让少数的书画

家去保存就够了，勉强大家都来用，是行不通的。

朱自清对传统文化的思考总觉得有点耳熟。对了，当年胡适、台静农、陈独秀们，一直鼓噪汉字的拉丁化，他们把国家的落后，民族的衰落，归罪于汉字，于是就从源头清算，把汉字看成恶魔。既然汉字是恶魔，书法又有什么资格存在下去呢？这时候，书法一定是丑陋不堪的。

郑振铎、朱自清，是那一时代的知识精英，他们对书法艺术的质疑有合理性，也有时代局限性。

在郑振铎的眼睛里，其他国家的文字与中国字一样，都有个性，梵文和蒙古文的匀美，与汉字不相上下。因此，他得出如下结论："向来总是'书画'同称。我却反对这个传统的观念。"

对书法身份的判断，要从"国情"出发。应该说，中国文字的演变史，不同历史时期书体的确定和流行，与中华民族的生产方式、思维习惯、审美取向息息相关。绵延、柔韧的民族心性，带着对自然的顶礼膜拜，渐渐形成一套有规律可循的认知系统，最终确定一个民族的灵魂印记。于是，甲骨文、金文、隶书、楷书、行书、草书，如同一个个坚不可摧的文化堡垒，屹立于世界文明之林。

文人眼睛里的风光免不了浪漫，那支由竹杆、狼毫、羊毫、鼠毫、鸡毫组成的毛笔，在文人的手中翻滚，他们把毛笔放到砚台里呼吸，背后则是古筝空茫的声调，然后，他们把篆书、隶书、楷书、行书、草书写到木板上、宣纸中，又把这些充满灵性的文字，写出数种风格，多种变奏。想一想，敢想一想吗？哪一个民族能够像中华民族如此的奢华、雍容、富贵、深厚？仅仅是文字，就赋予如此之多的含义。

十九世纪的贫弱，与书法没有任何关系。

与郑振铎比起来，朱自清显得理性。他看到了现代化进程中毛笔的位置和处境。首先，他对毛笔的效率产生怀疑。朱自清的怀疑有依据。第一，毛笔使用是耗时的、复杂的，甚至也是昂贵的。既然书写是为了传达知识信息，世俗信息，那就需要对书写工具的效率性提出要求。这时，西方的自来水笔出现了，它的灵巧、节时、低耗、快捷，轻易地让毛笔无地自容。新旧交替的时代，自来水笔和毛笔，就有了别样的意趣。第二，矫枉过正，当西方文明大踏步进入中土，我们很像一位没有见过世面的老夫子，羞于展现自己的过去。哪怕自己的过去情深意长。

书写工具的改变，是书法的死结。在很长一段时间里，我们对旧物品有了怨恨，似乎过去的时间都是锈迹斑斑，弱不禁风。

在《哭佩弦》一文中，郑振铎忧伤地告诉我们："在这个悲愤苦难的时代，连老成持重的佩弦，也会是充满了悲愤的。在报纸上，见到有佩弦签名的有意义的宣言不少。他曾经对他的学生们说，'给我以时间，我要慢慢的学'。他在走上一条新的路上来了。可惜的是，他正在走着，他的旧伤痕却使他倒了下去。"

"给我以时间，我要慢慢的学"，学什么？显然是与时俱进的学问和知识。

对书法身份的争执，源自于对书法艺术特性的茫然。作为综合艺术，书法第一美学特征便是实用。它是文明的表述，知识的表述，现实的表述。手札是书法艺术另外一个源头，本质是彼此传递信息。由于毛笔书写是中国人的日常书写，功利化、功能化传递信息，完成了手札的第一任务。其次，毛笔书写的高下、优劣，又给阅读者提供了审美的选择。毛笔书写结合文学、文字学、民俗学、篆刻学，自然形成一股强大的艺术力量。在时间深处沉寂愈久，艺术魅力就愈发浓郁。书法的第二美学特征就是技法要求。因为毛笔书写有一套规律可循，笔法的变化改变文字的形式，遂产生不同的风格，极大满足不同人对毛笔书写的精神要求。

至于把书法纳入美术范畴内，就是对书法艺术的误判。

因此，书法是成熟的艺术，过去是，现在是，将来还是。

有意思的是，我们不会完全按照一条理性的道路前行，在每一个历史转折点上，总会犯重复的错误。今天，当我们实现了物质极大的解放，成为世界第二大经济体时，对书法的估计……有……层次民族主义思想的人，拿书法说事。不同……法的尊荣。一、把中国书法看成最高级艺术，开始从文字的抽象性、独特性，书写的特殊性，三维空间等诡异的角度，阐释中国书法的无与伦比。二、强调书法的世界性，一些人还煞有介事地把书法走出国门视为中华民族的伟大复兴。三、呼吁中小学生都来写毛笔字，把毛笔书写提高到无以复加的地步，甚至要求人们抵制计算机，把计算机当成洪水猛兽。

现代化的中国，怎么总是有这样不伦不类的想法。

汉字是世界上独一无二的自源文字，会写汉字，也不能等同于理解了书法。书法的抽象性、平面化，阻隔了书法艺术语言信息的发散。汉语和汉字，是书法艺术得以存在的基础。一门艺术如果与民族文化的实体形影不离，就意味着这门艺术具有极大的封闭性和保守性，给汉语言文化圈以外的人带来了难以逾越的认识障碍。那么，我们视书法为最高级艺术，我们呐喊书法走向世界，是不是一种妄想？

朱自清《文物·旧书·毛笔》与郑振铎的《哭佩弦》一样，百读不厌。在这篇文章中，朱自清对毛笔书写的思考与判断，深刻而准确。谈到毛笔在现实生活中的作用，他如是说：

> 至于现在学生写的字不好，那是没有认真训练的原故，跟不用毛笔无关。学生的字，清楚整齐就算好，用水笔和毛笔都一样。

是的，"用水笔和毛笔都一样"。同样，用水笔和计算机并不一样。互联网时代，不仅书写工具再一次转换，学＿随之改变。一位自以＿爱国的＿，不知他是爱路，于是声嘶力竭地呼吁计算机退出我们的生活，不知他是爱国，还是损国？有时，聪明人和傻子仅一步之隔。

书法是一个幽灵，它来自中华民族的文明深处，又浮现于现实。对它，我们有过痛苦的反思，有过不切实际的幻想。即使是今天，我们还在为书法感动或难过。

笺纸的温度

一

浣花溪上如花客，绿暗红藏人不识。

留得溪头瑟瑟波，泼成纸上猩猩色。

手把金刀擘彩云，有时剪破秋天碧。

不使红霓段段飞，一时驱上丹霞壁。

蜀客才多染不供，卓文醉后开无力。

孔雀衔来向日飞，翩翩压折黄金翼。

我有歌诗一千首，磨砻山岳罗星斗。

开卷长疑雷电惊，挥毫只怕龙蛇走。

班班布在时人口，满袖松花都未有。

人间无处买烟霞，须知得自神仙手。

也知价重连城璧，一纸万金犹不惜。

薛涛昨夜梦中来，殷勤劝向君边觅。

　　这首诗是韦庄的《乞彩笺歌》。读了多少次已无从计算，但我记得读时的感受。一首有色彩的诗，如同一支画笔，引领我的目光穿越到一千多年前的唐朝，彼时的文人风流倜傥，情趣盎然，他们制作彩笺，平面雕版，或者是拱花工艺，以诗意的心情张罗着一段诗意的生活。

　　显然，我们已经不具备《乞彩笺歌》的优雅，非功利的精神追求，一定有一个繁花似锦的时代。显然，我们没有韦庄的运气，轰隆隆的钢铁铿锵，庶几击毁了文人的小日子、小情调、小感受。而小日子、小情调、小感受对一个温馨社会该是何等重要。

　　早年临帖，何以会有《乞彩笺歌》的心态？落后的意识形态，板结的经济结构，单色调的美学观，导致我们只能在肮脏的报纸上写字，黑色的印刷体，与黑色的毛笔字，让我们的眼前混乱、浑浊，无一丝一毫的美感。这时候，我不知道中国历史的深处有一张张奇妙、素洁、雅致、风华的笺纸，即使读《乞彩笺歌》，读薛涛的《十离诗》，也无从理解彩笺为何物。横亘在我与韦庄之间一千多年的时光，不知道是让韦庄腐朽，还是让我浅薄。

　　及长，有了阅读古人手札的兴趣，明清文人的手札，常常依托在一张张图案别致的笺纸上，凝练的行草书，平阙的格式，或微言大义，或家长里短，或贺寿问安，或通报近况，一页两页的笺纸，铺陈着一个朝代、一种人群的现实生活。久而久之，突然悟到，笺纸上的字迹是生活中角色，那么，笺纸则是舞台和布景。对一出戏而言，再好的角色一旦失去舞台和布景，也会大打折扣。

终于，我开始注意笺纸了。迟到的注意，至少表明，中国人诗意的心态复活了，中国人追求美的意识觉醒了，中国人对精神的向往更加具体了。

二

二〇〇九年，我与斯舜威先生共同策划"心迹·墨痕：当代作家、学者手札展"。这个展览甫一开幕，便引起热议，其中的焦点问题是，当代人依靠电子计算机文字处理系统，简便而快捷，手札有必要存在吗？书法修养是中国人的重要修养之一，仅有这种修养够吗？音乐、美术、文学、舞蹈、电影、戏剧，不是更有资格介入人们的精神生活吗？

讲的是事实，说的是道理。对我们的指责，耐心听，仔细体会，没有意见。只是在极端功利化的社会里，我们试图建立一个有传统，有格调，有文气，又有知识和文化深度的家园，被如此责难还是不舒服。它说明，我们没有诗意的心情了，内心的空乏与苍白，目的的明确与实际，终于让我们走出童话的世界，从此不再相信梦想。但是，我们没有放弃奋斗的勇气，本来是轻松的精神之旅，问那么多为什么就不对，想好了，就去追求，何乐而不为？从北京出发，然后是东莞，是石家庄，是烟台，是杭州，最后是大连。手札之旅，让我们对手札的源头和成熟，手札的形态与象征，手札的内涵与意义，有了清楚的一瞥。

此后，我迷恋书信与日记。此前，对散文的研读，喜欢那种逻辑明确、条理清楚的叙述。源自于西方文体的现当代散文，的确非同寻常。今日与手札的亲近，让我对传统散文的平淡与放达，机锋与情趣，漫不经心或嬉笑怒骂，有了切肤的感受。翁同龢、康有为、梁启超、鲁迅、姚鹓雏、马一浮、俞平伯、叶圣陶、傅雷等人的手札与日记，为我开启了一扇眺望中国文人精神世界的窗口。他们颇多忧患，他们颇多趣味，梁启超的手札，写在他自制的笺纸上，字响调圆，厚意深情。梁启超自制了几种笺纸，无从统计，不过，他所使用的笺纸，有两种极为喜欢。一是"任公封事"，四字集张伯敦碑，印于笺纸中央，沧桑、文雅。"集张伯敦碑"五个楷书小字套红，落于笺纸的左侧，既是说明，也是点缀。这种笺纸，启发多多，我请友人刻"瑞田封事"，用于手札，恰到好处。另一种是"君其爱体素"，五字红色镂空，左侧有楷书说明"饮冰室张迁碑字""写陶句自制笺"。黑墨、行书，在这样的笺纸上飞扬，易见作者的胸襟、思想，以及学养、修行。梁启超的书法是有水准的，看他的手札，会悟出字学之道。

姚鹓雏也是我心仪的文人。他是现实主义小说家，笔法酷似吴敬梓、李伯元、吴趼人，对社会予以辛辣讽刺和严肃谴责。遗憾的是，曾连篇累牍在上海报章出现的小说，我们似乎忘记了。近几年，他被人乐道的资本与书法有关。不错，姚鹓雏是旧文化熏陶出来的文人，他那些时尚的小说，说不定是用毛笔创作的。最近，我购买了《白蕉墨迹集萃》，其中一册是写给姚鹓雏的手札。白蕉是书法家、诗人，对姚鹓雏的信任凝聚在花笺上。这些精美的花笺，一定是白蕉的最爱，不然，他不会在上面写下作诗的心得和求教的期盼。书法界言必称"二王"，这是对魏晋书风的追忆，白蕉得"二王"真传，其中一点是对笺纸的讲究。

　　姚鹓雏对笺纸也讲究，这是那个时代的风度。我读过姚鹓雏的一通诗札，笺纸是张大千的大写意荷花，左上角有张大千的两行字：人品谁知花浩荡，文心可比藕玲珑。显然，这是珍贵的笺纸，不是谁都能用得起的笺纸；这是彼时文人的清玩和教养。与白蕉，与邓散木、邵力子、夏承焘、章士钊、潘伯鹰、柳亚子、沈尹默、黄宾虹、乔大壮等人诗友唱和，手札往复，姚鹓雏也给我们留下了宝贵的墨迹。"学问文章之气，郁郁芊芊，发于笔墨之间"的姚鹓雏书法，隽秀、淡雅，诗书相映，予读者极大的艺术享受。难怪我们不提他的小说，专言他的诗词与书法。

三

　　玩笺纸，玩到情深之处的当属鲁迅。

　　作为"远逾宋唐，直攀魏晋"，有着深厚传统功力的书法家，鲁迅的书法一直是中国文化的热点。鲁迅留给我们的墨迹中，一通手札引人注意，也是鲁迅勤力书法的体现。鲁迅致诗荃，集合了鲁迅毛笔书写的能力，笺纸审美的独特，关心青年的情怀。

诗荃，即徐梵澄，生于一九〇九年，卒于二〇〇〇年，原名琥，谱名诗荃，字季海，湖南长沙人。一九四五年底，徐梵澄赴印度参加中印文化交流，先后任教于泰戈尔国际大学和室利阿罗频多学院。一九七八年回国，就职于中国社会科学院世界宗教研究所。徐梵澄是著名的精神哲学家、印度学专家、宗教学家、翻译家、诗人，有十六卷《徐梵澄文集》存世。

鲁迅在一九二九年至一九三〇年的日记中屡次提及徐梵澄。一九二八年九月十三日，鲁迅写道："晴。上午收杨慧修所寄赠之《除夕》一本。午后收大江书店版税泉三百，雪峰交来。得诗桁信。下午得张天翼信。得诗荃信。晚得钦文信，夜复。寄协和信并泉百五十。假柔石泉廿。"一九二九年十月二十五日、十一月三十日、十二月十四日、十二月二十九日，均提到诗荃，要么得诗荃信，要么给诗荃寄信、谈画、寄书。

徐梵澄与鲁迅的关系缘于文章、版画。但，徐梵澄不一定知道，不断给他寄钱购买德国版画的鲁迅先生，一方面对西方版画投去青睐的目光，一方面，他又为笺纸花费了一定的功夫。即便是寄往德国的手札，也是精心选用上好的笺纸书之。彼时，倾心德国哲学的徐梵澄不会理解鲁迅。

读鲁迅日记，看到鲁迅多次提及《北平笺谱》：

《北平笺谱》如此迅速的成为"新董"，真为始料所不及。

《北平笺谱》预告中似应删去数语（稿中以红笔作记），此稿已加入个人之见，另录附奉，乞酌定为荷？

　　这一月来，我的投稿已被封锁，即无聊之文字，亦在禁忌中，时代进步，讳忌亦随而进步，虽"伪自由"，亦已不准，但，《北平笺谱》序或尚不至"抽毁"如钱谦益之作欤？《仿（访）笺杂记》是极有趣的故事，可以引入谱中。第二次印《笺谱》，如有人接，则为纸店开一利源，亦非无益，盖草创不易，一创成，则被人亦可踵行也。

《北平笺谱》由鲁迅、郑振铎合编，沈尹默题写书名，收有三百三十二幅笺纸，已成为"古董"，更成为文人优美的记忆。

鲁迅提及的《访笺杂记》为郑振铎所作，是《北平笺谱》的后记。此文详细叙述了郑振铎受鲁迅所托，在北京收集笺纸，并联系印制笺谱的事情。语言质朴，细节丰富，行文简练，鲁迅与郑振铎爱惜笺纸之情跃然纸上。

十年前，我在北京琉璃厂购买了鲁迅、郑振铎编辑的《北平笺谱》。当时，对这本特殊的书倍感好奇。犀利的鲁迅，尖刻的鲁迅，难道在色彩斑斓或寓意幽深的笺纸上放下了他滚烫的心？十年前我还不算老，满腹浪漫的想法，被一张张笺纸俘获，当时便想，如果在这样的笺纸上写手札，情思必定飞扬，心路一定豁达。一个都不宽容的鲁迅，他接受了温暖的笺纸，深入其中，不肯回头。

鲁迅的兴趣极其广泛，除去文学创作，学术研究，他对版画、汉画像拓片、书法，均有深刻的领悟。他是出于什么原因编辑《北平笺谱》？只要读一读他为《北平笺谱》所写的序言就一清二楚了：

　　镂像于木，印之素纸，以行远而及众，盖实始于中国。法人伯希和氏从敦煌千佛洞所得佛像印本，论者谓当刊于五代之末，而宋初施以采色，其先于日耳曼最初木刻者，尚几四百年。宋人刻本，则由今所见医书佛典，时有图形；或以辨物，或以起信，图史之体具矣。降至明代，为用愈宏，小说传奇，每作出相，或拙如画沙，或细于擘发，亦有画谱，累次套印，文彩绚烂，夺人目睛，是为木刻之盛世。清尚朴学，兼斥纷华，而此道于是凌替。光绪初，吴友如据点石斋，为小说作琇像，以西法印行，全像之书，颇复腾踊，然琇梓遂愈少，仅在新年花纸与日用信笺中，保其残喘而已。及近年，则印绘花纸，且并为西法与俗工所夺，老鼠嫁女与静女拈花之图，皆渺不复见；信笺亦渐失旧型，复无新意，惟日趋于鄙倍。北京夙为文人所聚，颇珍楮墨，遗范未堕，尚存名笺。顾迫于时会，苓落将始，吾修好事，亦多杞忧。于是搜索市廛，拔其尤异，各就原版，印造成书，名之曰《北平笺谱》。于中可见清光绪时纸铺，尚止取明季画谱，或前人小品之相宜者，镂以制笺，聊图悦目；间亦有画工所作，而乏韵致，固无足观。宣统末，林琴南先生山水笺出，似为当代文人特作画笺之始，然未详。及中华民国立，义宁陈君师曾入北京，初为镌铜者作墨合，镇纸画稿，俾其雕镂；既成拓墨，雅趣盎然。不久复廓其技于笺纸，才华蓬勃，笔简意饶，且又顾及刻工省其奏刀之困，而诗笺乃开一新境。盖至是而画师梓人，神志暗会，同力合作，遂越前修矣。稍后有齐白石、吴待秋、陈半丁、王梦白诸君，皆画笺高手，而刻工亦足以副之。辛未以后，始见数人，分画一题，聚以成帙，格新神涣，异乎嘉祥。意者文翰之术将更，则笺素之道随尽；后有作者，必将别辟途径，力求新生；其临睨夫旧乡，当远俟于暇日也。则此虽短书，所识者小，而一时一地，绘画刻镂盛衰之事，颇寓于中；纵非中国木刻史之丰碑，庶几小品艺术之旧苑，亦将为后之览古者所偶涉欤。

千九百三十三年十月三十日鲁迅记。

鲁迅为《北平笺谱》所写的序言，似乎与鲁迅的其他文章不一样，也就是说，这篇文章文辞绚烂，传统文言陈述了笺纸的身世，清笔淡墨，如一杯新沏的龙井茶，香气扑面。惯于战斗的鲁迅，终于"小资"了一回。

陈丹青向来孤傲，有点目中无人。对于鲁迅当然钦佩，对于鲁迅的这篇文章，他说了一段意味深长的话："一份笺谱，配这序言，面子太大了；短短数百字，俨然中国版画史；即于中国版画史，面子也还太大；此后及今，中国的画论或文论，哪里去找这等工整标致的美文？"

我喜爱鲁迅的《北平笺谱》序言，不亚于喜欢他的小说和杂文。很长时间了，我用隶书抄写这篇序言，甚至想印一本《张瑞田书鲁迅〈北平笺谱〉序》的书法集。可是，抄写了一遍又一遍，总觉得不到火候，稚嫩的笔调与渊深的语言隔了很长的距离。有一天，我终于明白了，这是差距，这是我与先生不能同时出现的原因。我知趣了，我还算幸运。

重新开始吧，把《北平笺谱》当作楷模，自制笺纸。不是喜爱梁启超的"任公封事"嘛，就如法仿制"意水堂封事"，一点一滴地汲取他们的文化养分，一步一步地迈向他们的精神领地。此后，我们不要再说建设什么了，只要把笺纸中历史的沉香嗅一嗅，我们就会知道自己有多浅陋。

徐梵澄送给鲁迅几幅版画

鲁迅墨迹中有一通与诗荃的手札，研究鲁迅书法的人无不对此津津乐道。

二十世纪八十年代，在《读书》杂志上看到徐梵澄的文章，但不知道此人就是鲁迅日记中的诗荃。此后，徐梵澄的光芒被更多的学人沐浴，我们才顿悟，同时代还有这样一位清洁、高贵的读书人。

徐梵澄与鲁迅的关系缘于文章、版画。一九二九年八

徐梵澄留德期间所作木刻画
《鲁迅像》现存鲁迅博物馆

月，徐梵澄赴德国留学前夕，去向鲁迅辞行。鲁迅知道徐梵澄即将远行时，感叹道："在中国没有二十四小时了。"停顿片刻，鲁迅又说，"哦！你还有点稿费在这里。"然后，鲁迅把一沓钞票交给徐梵澄。几十年后，徐梵澄在《星花旧影》一文中深情写道："当时我颇写些杂文和短篇小说，不时寄给先生。刊登后便去领些稿费。或多或少，总是每千字五元。这次回来一数，实在优待了一点，几乎是八元一千字，一共三十余元。——出国的计划，我早先告诉过先生，这时也毋庸多话了。"

到德国的徐梵澄一直与鲁迅保持联系，其中重要的纽带就是版画。

现代作家中，鲁迅对美术的态度严肃、认真。陈丹青曾说：清末民初、"五四"前后，重要的文人而能单来举说和美术的关系者，似乎很有限。康有为、梁启超、胡适、陈独秀、周作人，鲜有长期而深度介入美术活动的记录。

鲜有，不等于说没有，鲁迅就有"长期而深度介入美术活动的记录"。鲁迅与版画的关系，就是证明。

一九九八年，纽约古根海姆现代美术馆举办了首次中国美术大展，从一九三〇年至一九八〇年的各个专题，展现了民国与共和国几代人的代表作品，有国画、油画、版画和书籍装帧。时在美国游学的陈丹青参观了这个展览，他直言不讳地说道："民初那代人的新国画，既过时，也比不得古人；徐悲鸿林风眠的早期油画，虽令人尊敬，但实在过时了，且在纽约的语境中，显得简单、脆弱、幼稚。使我吃惊的是，'左翼'木刻，包括鲁迅设计的几件书籍装帧，不但依旧生猛、强烈、好看、耐看，而且毫不过时，比我记得的印象更醒目、更优秀——纵向比较，'左翼'木刻相对明清旧版画，是全新的、超前的，具有清晰的自我意识；横向比较，与上世纪初德国、英国、苏俄及东欧的表现主义绘画，也是即刻响应、同期跟进的。"

关心木刻的鲁迅，当然关心徐梵澄前往的德国。陈丹青不是说了吗？鲁迅木刻的眼光"与上世纪初德国、英国、苏俄及东欧的表现主义绘画，也是即刻响应、同期跟进的"。他给徐梵澄写信，请这位学生代他在德国收购版画。徐梵澄也是严谨、认真的人，他不敢让鲁迅失望，常常去海德堡等地的画廊寻找鲁迅的所要。为了提高自己对版画的审美能力，徐梵澄拜德国木刻家瓦德博先生学习木刻。鲁迅于一九三〇年四月三十日的日记写道："昙。上午同广平携海婴往福民医院诊。午后同三弟往齿科医院。往内山书店。三弟赠野山茶三包。收诗荃所寄在德国搜得之木刻画十一幅，其直百六十三马克，约合中币百二十元。又书籍九种九本，约六十八元。"这批作品，是徐梵澄为鲁迅代购的第一批德国版画作品。此后，徐梵澄又陆续代鲁迅购买了二十多幅版画作品。因徐梵澄有瓦德博先生的指点，他代鲁迅购买的版画均是名家作品，其中包括塔尔曼、梅斐尔德、巴尔拉赫等人的作品。

近朱者赤，近墨者黑。与鲁迅交往，徐梵澄也喜欢起了版画。木刻以外，徐梵澄还对铜版画感兴趣，他去瓦德博工作室参观、学习，又亲自动手，制作了一幅铜版画，画面是郊外的房舍。完成后，寄给了鲁迅。鲁迅日记，记载了徐梵澄送给他

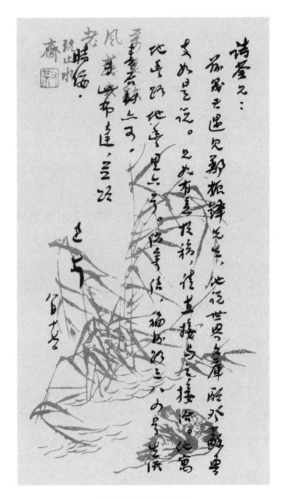

鲁迅致徐梵澄手札

的自作版画。一九三〇年八月四日，鲁迅写道："晴。下午三弟来。得母亲信，七月二十八日发。得诗荃信附木刻习作四枚，七月十七日发，又《海兑培克日报》等一卷。"这四幅作品包括《罐梨》《雾与热》，两幅《圣诞老人》。一九三一年二月十三日，鲁迅写道："雨。午邀小峰在东亚食堂午饭。下午得诗荃所寄《弗兰克孚德日报》三张，又自作木刻两幅。夜雨霰。"这两幅作品刻的是鲁迅像。三月二十六日，鲁迅写道："晴。晚得诗荃信并木刻《戈理基像》一幅，《文学世界》六分，九日发。"

徐梵澄送给鲁迅的木刻作品共计八幅。这些作品，鲁迅喜欢《罐梨》，在与徐梵澄的手札中，他说这张最好。《鲁迅像》，鲁迅也喜欢。一九三三年八月，这幅作品附着鲁迅《一天的工作》的封面，由上海良友图书公司出版。

作诗当学邵子退

二○○九年春天，赴承德参加诗人郭小川诞辰一百周年纪念会的途中，与诗评家谢冕提到邵子退。他说，邵了退是需要记住的诗人。本来，在承德还想就诗词创作的有关问题向谢冕请益，却因会议忙碌，愿望落空。

邵子退（一九○二—一九八四）原名光晋，又名子蜕，号瓜田、老炊，自谓种瓜老人。祖居乌江百姓塘村。稚年从其父邵鲤庭诵习诗文史籍，尤酷爱书画艺术，十二岁时与同乡林散之、许朴庵相识，结为金兰之交，时人称誉乌江"松竹梅"三友。邵子退一生淡泊，江湖俗名远逊乡贤林散之。然而，他的诗作蕴含的忧思、悲伤，以及他对现实的关切和反省，又是林散之所不及。柯文辉《林散之印象》一文披露，一九八四年，一位学人当面谄媚林散之：林老诗书画三绝，太高了。林散之摆摆手，说："子退的诗比我好得多。他有一首必传之佳作，是我所仅见的一首记录'大跃进'之后农村真实生活的古体诗，直接继承了杜工部《三吏》《三别》精神。而我噤若寒蝉，惭愧之极啊。"

林散之所提到的这首诗就是《邻妪》。全诗如下：

邻翁已谢世，邻妪支门户。

二子不在身，一媳病朝暮。

去岁搞三改，中稻未成熟。

何处来急令，强迫日夜割。

火速栽晚季，禾穗弃田脚。

风雨湿生芽，狼藉遭零落。

晚稻无收成，从此难生活。

毁灶土肥田，空厨鼠走出。

大队办食堂，一釜千人嚼。

糠核煮浮萍，排队争瓢杓。

谁人夜加餐，食堂明火烛。

邻妪饿已死，病媳气犹续。

尚有两小孙，抬尸前山麓。

无力取土埋，忍弃在沟壑。

谢冕指出："这一幅悲惨画面不是发生在元白写新乐府的时代。相信现今在世的许多人不仅耳闻且多为亲历，但是在他们的文字中保留的竟是那么少。他们写得很多，但很多之中偏偏少了对世事的关怀并表现出对历史的遗忘。而终老荒僻乡间的这位淡泊的人，却有如此浓重的现世关切和义愤。对比之下，当前文学中的那种享乐和游戏，那种在物欲面前的狂欢，多少有点失常。而贫病交加的这位默默无闻的乡间老者的精神状态，却要健全得多。"邵子退的诗书画存世不多，但他的雅淡清绝世所罕有。《邻妪》一首，堪称当今乐府，其直面人世的勇气，足可使今世文人为之汗颜。

我能说出成百上千的诗人，可惜很久以后才知道邵子退。作为诗歌爱好者，一度引以为憾。世界上有成千上万的诗人，其实，更需要记住邵子退。凭《邻妪》，邵子退在诗坛不朽，在我的心中不朽。

当代诗词创作所存在的问题，正如谢冕所说，当前文学中的那种享乐和游戏，那种在物欲面前的狂欢，多少有点失常。不错，我阅读了许多当代诗人的诗词作品，取境之低下，情感之寡淡，思想之浅薄，导致当代诗词创作出现工具化的倾向——颂上、媚俗、附权、趋势。不久前，一位以诗人自诩的成功人士领一位美女私奔，还恬不知耻地留一首艳词示人，为自己的行为注释，令人哭笑不得。

作诗当学邵子退。邵子退在乌江小学教书期间与林散之、许朴庵教师经常互相切磋，还和章敬夫诸友抚今谈史。在林散之的倡议下，他们成立了"求声"读书社，典出《诗经》"嘤其鸣矣，求其友声"。并且规定"来者自今月必有文，文三首不限一体；月必有诗，诗三章各言其志，相印相证，相切相磨，以期勿负'求声'之意云耳"。

一九八四年末，邵子退逝世。林散之捧读遗稿，不胜唏嘘，随口念道："从今不作诗，诗写无人看。风雨故人归，掩卷发长叹。昨日接电报，知君入泉下。犹闻咳唾声，忽忽冬之夜。"老友诗作的分量，林散之知道。他挥毫题写"种瓜轩诗稿"封签，表达了自己对邵子退的怀念。

《种瓜轩诗稿》在"百札馆"的显眼处，时常翻翻，《邻妪》凄楚的哀伤，在历史的时空中若隐若现。

说说潘岳

　　写字，无意识地写了元好问的一首诗："心画心声总失真，文章宁复见为人？高情千古闲居赋，争信安仁拜路尘。"本来，是想看看自己的字是否有进步，看着看着，字迹模糊了，元好问的诗，逐渐清晰，思索从此而来。

　　这首诗是元好问《论诗三十首》之六，是对西晋文学家潘岳创作过程的描述。潘岳的散文《闲居赋》，对我们而言并不陌生，历代许多书法家经常抄录这篇文章。其中的"览止足之分，庶浮云之志"一度让我们对潘岳产生了很大的好感。其实，"高情千古闲居赋"，与作者的精神状态很不一致，就像今天的某些艺术家一样，道貌岸然的教化之言挂在嘴边，男盗女娼之事干得比谁都欢；也像纷纷落马的腐败分子，在台上谈反腐，谈得头头是道，干起坏事，也是花样翻新。

这首诗的最后一句"争信安仁拜路尘"是有典故的。在官场上三起三落的潘岳最后投靠专权的贾南风的外甥贾谧，平步青云了，终于迎来自己职场上的春天，当上了给事黄门侍郎，并成为贾谧"二十四友"中的一号人物。潘岳感恩戴德，他将《闲居赋》中所思所写忘得一干二净。彼时，他是贾谧的心腹，有职有权，吃饭可以报销，权力能够寻租，颐指气使，不可一世。但是，在贾谧面前他就成了孙子，他与西晋首富石崇一起结伴效忠主子。常常是，他们站在贾府的门前，等待华贵的马车从他们的身边经过，然后向远处疾行，滚滚烟尘托着贾谧远去，《闲居赋》的作者潘岳便向滚滚尘埃顶礼膜拜。这仅仅是一种姿态，潘岳还以自己手中的笔，甘愿成为贾南风和贾谧的枪手。据说，贾南风陷害太子司马遹的诬告信，贾谧上朝的奏折，还有贾谧关于《晋书》起笔年限的议疏，都是潘岳的手笔。这副手笔，可以写《闲居赋》，也可以写官书俗文，太有才了。

可是，天算不如人算，享受正部级领导待遇的潘岳，在赵王司马伦发动的"废后不废帝"的宫廷政变中倒了大霉，贾南风、贾谧党羽被悉数诛杀，潘岳未能例外，公元三〇〇年，在洛阳西市被砍掉脑袋。好玩的是，与他一同被砍头的是密友石崇。早年，潘岳赠诗石崇"投分寄石友，白首同所归"，看看，应验了，两个绝顶聪明的人生不同时死同穴了。

潘岳才貌双全，《晋书·潘岳传》说，潘岳年轻时乘车郊游，沿途女子见到这位风姿仪态俊美的帅哥，幸福围观，情不

自禁向潘岳的车上扔水果，表示爱慕、崇敬之情，这便是成语
"掷果盈车"的典出。这样的人如果安心问学，勤奋写作，当
然是后辈尊崇的文人，流芳千古不成问题。然而，潘岳六根不
净，羡慕荣华富贵，以卑劣之手段上位，终被历史唾弃。

再读《闲居赋》，明白了文章中的隐者形象仅仅是作者的
模糊感觉。现实中的潘岳有着入仕的强烈渴望，出人头地，也
是他唯一的人生追求。其实，潘岳的仕途并不平坦。到了知天
命之年，还是一名小官，并屡遭排挤。如果是这样，潘岳退一
步安心读书，像《闲居赋》中的隐者一样，笑傲江湖，岂不是
明智的选择？不，他偏偏要知难而行，寻找一切成功的机会。
早年，他依靠才华，作《藉田赋》，谄媚皇帝。此后，变本加
厉，假话、胡话、大话加起来说，最后的目的就是当官，当大
官。当官发财，这是封建中国的潜规则。这也是潘岳的心结。

改革开放的中国是多元化的中国，不同的领域，均有不同
的值得自豪的人生价值。与其人格分裂，与其满嘴谎言，与其
丧失尊严地去潘岳的老路上跋涉，毋宁在一条干干净净的职业
之路上终老，也是值得骄傲的人生信条。

《听水读钞》中的旧字

《听水读钞》（海豚出版社，二〇一四年二月版）收录陆灏的随笔札记一百篇，有《钱锺书手稿集》读钞，有《五石斋日记》读钞，有"读顾随书信"札记，以及近现代文化名人、学术名人和艺术名人交游、生活、读书的掌故，朴实、洁净的笔调，详实、客观的考据，把一件事写活了，把一个人写精神了，把一段往事写清楚了。《君善臧否人物》一文，陆灏很感慨："邓之诚的日记原来并没有想到要发表，所以臧否人物不留情面，'笑嬉'少，'怒骂'多，有一些还相当刻薄。"

其实，"笑嬉"少，"怒骂"多，还相当刻薄，是文明社会的标志。每天睁开眼睛胡吹自己都不相信的"丰功伟绩"，当然是开历史倒车。

　　《君善臧否人物》抄录了邓之诚一九五九年八月十七日的日记："报载：张元济于十四日死于上海。此人以遗老自居，而骂清朝。胜利后，反对蒋中正。解放后，勇于开会，当场中风，卧病数年，今始化去。在商务馆发财二三十万，为人绑票，去其大半。沦陷后，骤贫，先卖其屋，后并所藏批校本书籍而罄之。八年前，曾以《翁文端日记》卖与燕京大学。一生刻薄成性，能享大年，亦甚幸矣。"陆灏冷静地说：这与我们以前了解的张元济是完全不同的形象。

　　一则日记，也让我们看到书本中的过去未必有多少真实。

　　《听水读钞》附录十六幅墨迹，是陆灏累年积存的文札、诗札。十六幅旧字似乎与这本书没有多大关系，不过，细细品来，我们能够发现这些旧字所传达的时间信息、人文信息，与书中的文章是相映成趣的。孙犁的字词都有意思："我不会写字，一见好纸就拘束。这是老毛病了，改也改不掉。只好又把这张信笺糟蹋了。"孙犁的字朴素，虽然不是书法家的手笔，自如与自信的书写，文人趣味浓郁。汪曾祺的诗书也值得品味："冻云欲湿上元灯，漠漠青阴柳未青。行过玉渊潭畔路，去年残叶太分明。"与孙犁比，汪曾祺的书名与画名要大一些，是被许多人认可的当代文人书画家之一。冯至、黄裳、柯灵、张中行、钱仲联、徐梵澄、金克木、王元化等人的字，人格化特征明显。给晚辈留字，当然会讲究，书写的认真，文辞的选择，是需要费一些心思的。

　　读过《听水读钞》，又反复读这些旧字，有几个问题在脑子里纠缠。应该说，这些学人、文人的毛笔字是本色的，他们记录读书的感受，写文章，也是用这样的字。静静的读书，静静的写字，是一种静静的生活。其实，真正的书法也应该存活在这样的生态。是静静的，而非是躁动的。

质疑这样的书写，是专业书法家的艺术判断。他们往往从笔墨技巧、形式构成的角度，衡量学人、文人的笔墨，似乎职业性的毛笔书写是书法艺术唯一的表现方法。其实这是误解，也是认识的倒退。先文后书，是书法的文化基调，没有思想内涵和情感表达，长枪大戟、暴风骤雨式的隆重挥洒，也不是美的表达。《听水读钞》中的旧字，没有噪音，也不轰鸣，其中的力量，让我感受到了沉重。我知道，这才是读字的真实状态。

诗人忆明珠手札摭谈

对当代诗坛稍有了解的人，对忆明珠及其作品不会陌生。我从八十年代初开始学习写诗，在贪婪阅读当代诗人的作品时，我记住了诗人忆明珠的名字。

忆明珠挺独特，他不是那种春天来了唱播种，秋天到了说收获的诗人，也不是怀揣两首政治立场决然不同的诗作，择时抛出，像投机者那样，随行就市，获取干禄。

董桥说"中年是下午茶"，当我的"下午茶"饮至中途的时候，我看到忆明珠的生命乐章再次高奏起来，他以手札集《抱叶居手函墨迹》（青岛出版社，二〇一〇年版），完成了审美的回归和文化的守望。诗歌、散文随笔、手札描摹出的飘逸、深邃、凝重，让我在一位当代诗人的身上，看到了文化的思考和文人的使命。

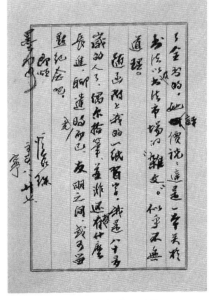

忆明珠致张瑞田手札

《抱叶居手函墨迹》是现代手札集，所收录的是忆明珠二〇〇〇年至二〇〇七年的手札，均为白话、毛笔。

何以说《抱叶居手函墨迹》是现代手札集？手札是中国传统的书信，也称尺牍、手简。成熟的手札，是中国文化成熟的标志，它建立了一套谨严的长幼尊卑的礼仪，规定了文辞的特殊含义，彼此恪守着心心相印的表述形式和时间概念。传统读书人的精英意识，对传统手札的繁缛格外青睐，于是，我们在中国文学史和书法史中读到的手札，无不是文采斐然，含义深刻，笔墨精妙，自然成为中国文学与书法的经典之作。

忆明珠作为当代作家，当然依靠现代汉语。那么，忆明珠的语言选择，也自然落实在他的手札写作上，《抱叶居手函墨迹》中的手札采用现代汉语就是他的别无选择了。

忆明珠是作家、诗人，因此，我们没有必要在他的手札中追寻历史事件，应该耐心、细致地跟随那支倔强的毛笔，深入一个诗人的现实生活和情感深处。《抱叶居手函墨迹》是忆明珠近年来手札的总汇。一位年逾古稀的老人，没有停止思索，他以健康的人格保持着与朋友、家人、报刊编辑的往来，以对中国文化负责的态度，写下这些毛笔手札。忆明珠在致刘延銮的手札中说道："我之所以坚持使用毛笔，只因觉得中华千百年来文化之发展、维系，始终与毛笔联结一起的，所以当电脑书写兴起之际，我却将毛笔握得更紧了！"

将毛笔握得更紧了的忆明珠，在手札中显示出悦目的光辉。首先，这是贴近忆明珠日常生活的表述，既有家长里短，亦有抒怀言志；既有说诗衡文，亦有刺世忧民。我们看看写手札的忆明珠是如何理解手札的。在致李仰华的手札中，忆明珠写道："从你所书赠我的那篇文章看，你的钢笔字已达到书法水平，如现时尚有当时的手书文稿，宜作'传家宝'，珍贵留传子孙，后人很难写出这样的字来了。电脑之兴，竟造成中国书法传承之厄，这是谁也料想不到的。"其实，中国书法传承之厄，电脑仅仅是一个环节。政治体制与文化心理的绝对性因素，才是书法式微的根本。

"电脑之兴，竟造成中国书法传承之厄，这是谁也料想不到的"，尽管如此，忆明珠坚持毛笔书写，他试图复制中国传统文人的工作习惯，把生命中的诗文，通过毛笔写出来；把生活中的细微琐事，通过毛笔记录下来；把自己对生活的理解，通过毛笔表现出来。一支毛笔，一种陈述，构建了忆明珠迥异于当下作家、诗人的精神世界，是中国文化的常态，却是现实世界的"另类"。致朱亮的手札，忆明珠表明了这样的人生态度："暮春之际，蒙惠赠京口信茗，不胜铭感之至。我别无所好，清茶一盏，唐诗一卷，其次则笔墨纸砚而已。仅此数事，亦足以耗我平生也。"致唐吟方的手札，忆明珠又说道："第二封信寄来的你那篇介绍我一封书简的文章，题为《不肯红的花》，其中你对我当年的弃硬笔而换用毛笔大大张扬了一番。那时确有点想法，但其实还是因为我对毛笔'情有独钟'的缘故吧！现在正流行电脑，可以想知我这个'顽固分子'更不会去亲近这玩意。有人给我信，不但信的内容，连他的名字都用电脑敲出来，我觉得此人立时跟我拉远了距离，他不知道笔锋是最善于流露感情的。"

《抱叶居手函墨迹》中精彩的篇章应属忆明珠写给作家朋友刘祖慈、沙白、唐吟方、刘章、宫玺等人的手札。忆明珠与同道书信往复，自然勾起对青春岁月的怀念，对现实生活的思考，对自己的反省和认知。

诗人丰沛的情感是需要落脚点的，需要输出和反馈的，所谓"宝剑赠给英雄，红粉送给佳人"是也。忆明珠的手札基于这样的姿态，自然规定了忆明珠手札往复的世俗意义和文化属性，而不是文化名人的做作，更不是清高者的呓语。尽管这种做作和这样的清高在当今中国俯拾皆是。

任仲夷两封书信背后的故事

二〇〇五年十一月二十一日，任仲夷走完自己九十二年的人生之路，在广州辞世。写于二〇〇三年的两封致画家詹忠效亲笔信，是不是任仲夷的绝笔尚需考证，但是，这一定是任仲夷晚年寥寥可数的书信：

忠效同志：你好！

来信收到，辽宁为你出版画册，闻后甚为高兴。书名已寄，因有病正在治疗，写字不便，只写了九个方块字，横竖排列均可。字体大小，可根据书面设计而定。手头没有合适图章，应按字的适当比例加以缩小。对此，你是内行。

祝你身体健康，工作顺利，家庭幸福。

　　　　　　　　　　　　　任仲夷

　　　　　　　　　　二〇〇三年二月廿二日

　　忠效同志：

　　我在右上方加盖了一个印章"兰甲"，是我父亲为我起的名字，我有时把它当闲章用。之后感到很不好看，后悔不该多此一举。最好采取措施，将加盖的印章除掉！如果实在不能，那就太遗憾了。

　　你要留下的那幅肖像，我儿子很想要，留做纪念。答应他吧，对你来说，反正我的肖像，已经在你心中和手上。

　　　　　　　　　　　　　任仲夷

　　　　　　　　　　二〇〇三年五月十二日

　　思路清晰，字迹疏朗、隽永，表达了一位政治家的严以律己和对朋友的关心。任仲夷何以不顾眼疾，甚至已严重到"目中无人"（任仲夷语）的时候，还在挂念着一位画家画册的书名？詹忠效何许人也？

　　詹忠效在王廉著《任仲夷评传》一书中是这样出现的：

　　……一九八五年春，广州创办了一份《中国现代画报》（现名为《新现代画报》），它引发了一场争论。

　　本来有一个很简单的道理，政治家用历史的眼光

詹忠效线描《少女》

阐述社会进步，经济学家用价值规律语言研究社会的发展，生物学家用生命进化方法去认知人类进程，而文学家用语言绘画，画家是用色彩来表达自己的观察对象，这就意味着画家把整个世界作为表现的对象，包括人。

然而，中国人就忌这"人"字。西洋画最出色的是人体画，中国则不然。但是自从东方文化交流以来，国内外文化上的学习借鉴成为十分正常的事。一九五七年毕加索还向张大千先生讨教中国绘画技法。可是，就是像刘海粟这样的大师，当年第一个开人体模特课时，六十年后还有人指其脊梁。中国人体画风风雨雨，到一九八五年还有人把它当作"黄"来扫。

绘画作为一门艺术，一门学问，山水、花鸟、人物作为中国画最主要的三大画科（现代应加上建筑绘画），人物画是不能回避的。一九八五年，当《中国现代画报》主编詹忠效提出要采访任仲夷时，张岳琦两次同他通电话。要知道，这一年，中国正处在"反资产阶级自由化"的高潮之中，"清污"之争并未真正结束。任仲夷以一个政治家的胆识，以画家的朋友、知音坦然接受了这次采访。

任仲夷对詹先生说，"我在学生时代也爱画画。比较喜欢看自然、写实的画，也喜欢写意的画。不过，我认为不应当以个人好恶作为衡量艺术的标准。应允许多种流派发展。国画、油画、木刻等是各有特色的。"谈到中国画历史时，任仲夷说，"历史上出现过几位姓任的画家，清末的任伯年就是才华横溢的一位。中国画，民族特色鲜明，讲究写意，讲究神韵，简练几笔就要求将对象的神采勾画出来。"

最精彩的还是任仲夷讲的下面这样一段话："我觉得过去有些画家，画的人物不仅不合比例，而且千人一貌。要把人物画得神态各异，栩栩如生，除了绘画技巧以外，最重要的是必须有生活，必须到生活中发掘多种多样的人物形象。人与人之间除了性别等差别，还有感情心理差别，中国古代人物画比例不严格，大概和古人少研究人体解剖、不画人体模特儿有关。应该承认人体本身是存在美感的，必须划清专业上使用模特儿与黄色下流的界限，认为这人体有伤风化甚至是黄色的，这同中国有几千年男女授受不亲的封建意识的影响有关，这也算是一种国情吧。"

在这次谈话中，任仲夷还谈了借鉴西洋绘画，发扬民族传统，如何办好画刊等具体问题。他说"古人画人体不成比例"，说明他对绘画有一定研究。中国仕女画在唐代以前表现为纤腰细腿，唐及以后却以丰腰为美，真正美女画几乎没一张成比例，包括历史上

"四大美人"画。仕女画的改造合比例首功可能要推张大千。这些，任仲夷肯定是清楚的。

从这里，也可以看到任仲夷的艺术素养。据现任《美中画报》主编詹忠效讲，任仲夷这次与他的谈话，周扬说：不仅救了《中国现代画报》，也救了"人体艺术"。

詹忠效，当代著名画家。首届广州美术家协会副主席，现任美国《美中画报》杂志社社长、中国线描艺术研究会副会长，自幼习画，对版画、油画、中国画、插图和连环画均有涉猎。后致力于毛笔白描研究，他通过对"以繁代简，繁中求简"的探索，积累了丰富的白描创作经验，为画坛所重。著名画家、中国文联副主席冯远谈起詹忠效的美术创作时，说道："忠效先生在运用毛笔等不同工具方面既保留了中国画线造型、线结构、线表现的精华。同时也按照当代人的审美取向，尝试并走出了一条雅俗共赏的线艺术之路。詹氏线描精劲、绵密，松紧得宜；或扬笔调提顿之趣味，或取均实舒之意味；其得风气之先，又屡获好评，始有'詹衣描'之说。"

冯远的评价是中肯的。一九七二年，詹忠效就尝试繁式线描对现实生活的全面投入，将一套反映女电工的连环画《弧光闪闪》刻画得生动活泼，形象感人，为此，突破了单线对工业题材所面临的种种难度，并在描绘环境、塑造人物、渲染气氛的技法上取得了难得的突破，被美术界誉为七十年代线描探索的经典之作。此后，詹忠效又相继完成了长篇小说《晋阳秋》《满山红》《海啸》和《中国历代才女小传》等文学著作的插图，连环画《吉鸿昌》《灿烂的星辰》等，以及一批独幅人物画的创作。这些精湛的白描之作，不仅使他在国内、国际参展和获奖，而且将其繁式线描提升到一个新的艺术高度，并成为广大线描美术工作者和爱好者所重视、推崇和仿效的范本。八十年代初，被称为新中国成立以来的第一本个人线描专集《詹忠效线描画选》出版，该书与画家的其他作品一同被国内美术院校列入教材，称为"詹衣描"。画家本人也被视为"中国人物画白描领域的代表人物"。

任仲夷，一九一四年出生于河北威县。一九三六年加入中国共产党，一九五八年担任中共黑龙江省委书记兼哈尔滨市委第一书记，一九七七年，担任中共辽宁省委第一书记。任职辽——他以超凡的政治勇气，平反了张志新冤案。一九八〇革开放的前沿，以适应历史客观发展的进步观念，打破陈规，勇于创新，为中国的改革开放作出了巨大的贡献。

二〇〇五年十一月二十一日，任仲夷在广州辞世。闻讯后，詹忠效十分悲痛，在《羊城晚报》发表了情真意切的纪念文章，回忆了自己与任仲夷同志的相识、相投与相交的过程。

詹忠效有一部《灿烂的星辰》的连环画，作品的主人公就是"文革"期间被"四人帮"迫害致死的张志新。张志新烈士是任仲夷主政辽宁时予以平反的。这一桩冤案，引起了詹忠效的关注，他在这部连环画的创作中，投入了一名艺术家的创作激情，进行了深刻思考。所以，这部作品一经问世，立刻引起广大读者的共鸣，并在全国第二届连环画评比中获奖。当然，这时候的詹忠效，并不知道任仲夷与张志新冤案的关系。若干年后，他在广州与任仲夷见面了，提起此事，两人感慨万千，遂引为知音。

詹忠效与任仲夷的确有缘。二十世纪八十年代初，任仲夷自辽宁调任广东，任省委第一书记。詹忠效在广州文艺杂志社任美术编辑，一面编刊，一面进行美术创作。当时物质条件有限，詹忠效两代六口，挤在一间只有十六平方的房子里，生活、工作极为不便。他只好在房间里搭一个阁楼，在这个狭窄的空间里画画、睡觉。对生活充满了憧憬的詹忠效，不停地创作，连连获奖，名声远扬。鉴于詹忠效在美术创作领域所取得的成就，广东电视台拍摄了一部反映詹忠效绘画艺术的专题片，他乐观的生活态度、非凡的艺术追求都摄入了镜头。有意思的是，任仲夷看到了这部专题片，他为詹忠效的勤奋和执着的追求所感动，本着对知识分子的关心与爱护，立刻作出批示，并指示有关部门尽最大的可能，为詹忠效改善住房和创作条件，从而使詹忠效分到了一套位于广州麓湖边的房子，解决了他生活与创作上的后顾之忧。

深得全国美术界关注的詹忠效，在一九八四年受命创办了《中国现代画报》。为使刊物体现改革开放精神，促进对外文化交流，詹忠效就当时敏感的人体艺术话题专访了任仲夷。任仲夷对詹忠效有关"人体艺术是中国文化必修课"的议题表示支持。他说，古代画人物比例不准，说明不画人体模特儿是不行的，必须划清美术专业使用人体模特与黄色下流的界限，认为画人体有伤风化是受到中国几千年男女授受不亲的封建意识影响。今天我们听这番话，已不以为然。然而，在当年，作为高级领导人公开肯定"人体美是美中之至美"，那是需要很大勇气的。这样的观点，十分容易被扣上资产阶级自由化的帽子。当詹忠效的访谈文章与人体美术作品一同在《中国现代画报》发表后，在海内外引起广泛的关注。港澳和国外的媒体作出了不同的评价，国内各界的反响更为强烈。

任仲夷多次与詹忠效谈起自己学生时代对美术的爱好，他不仅临摹过不少画片，还仔细阅读了任伯年等画家的传记。在担任广东省委主要领导期间，当得知《中国现代画报》和詹忠效本人因为人体艺术的主张而受到不应有的对待时，他就向有关领导语重心长地指出："在防'右'的同时要警惕'左'的倾向。"在《中国现代画报》创刊一周年，任仲夷还亲自出席纪念活动，表达自己对这株改革开放幼苗的保护和支持。

离开领导岗位以后，属于任仲夷的时间多了，詹忠效与他的联系自然紧密起来。詹忠效在广州举办个人画展，任仲夷虽不在广州，仍发来贺信，以"自成一格"之语鼓励之。在《詹忠效线描人体艺术》行将出版时，任仲夷正逢住院，他克服眼力困难，亲自题写书名。他把字写在不同的方块纸上，供詹忠效编排，并在信中嘱咐："你见而行之。"

二〇〇四年，詹忠效受早年旅美画家王少陵遗嘱受理人的委托，将画家生前的一批遗作捐赠给广东美术馆。任仲夷认为此事利国利民应予鼓励，并亲自去美术馆参观王少陵画展。已近九十高龄的任老在大雨之中来到美术馆，使在场的人非常感动。詹忠效四岁的女儿妮妮上前踮起小脚不停地亲吻着任爷爷，任老也高兴地拉着孩子的手，沿着展览路线观看起来。在一幅油画前，任老停下来，指着画中的人体问妮妮："这位阿姨没穿衣服，她冷不冷啊？""冷。"妮妮回答。任老又问："那给她穿上衣服好不好？""好。"妮妮认真地点点头。任老呵呵笑起来，众人也被这一老一少的对话感染了。在一旁的詹忠效为他们的话语而感慨，只有他独自寻味着与这位老领导心灵之间的相知与相通。

第二辑

冷眼细窥

读邵诗记

　　给一家刊物写关于邵燕祥毛笔手札的文章，为了更全面地了解邵燕祥，又读了他的一些诗作，觉得有话要说。《金婚》，是写给结发妻子谢文秀的，最后两句颇值得深思："珍爱记忆／像珍爱生命，记住幸福／也记住不幸。"我敢说，当今诗人，尤其是功成名就的诗人们，恐怕没有几个人可以在自己的金婚之年写诗纪念，原因是复杂的，既有妻子辞世或与妻子离异的客观原因，无法迎得金婚时日的到来，也有不屑于给糟糠之妻写诗抒情，甚至自己也没有兴趣读诗写诗了。流行病似的婚外情，哗众取宠般历数遭遇过的女人，曾几何时，成为现实中的时髦，或者是诗人们有别凡夫俗子的证明。

　　邵燕祥的《金婚》有的放矢："一人受伤／两个人疼痛，一万八千个日日夜夜，风霜雨雪/太阳和繁星。"也就是说，对于邵燕祥，五十年的婚姻，是五十年生命历史的见证，苦难与坎坷，悲伤与绝望，与他和谢文秀的五十年此消彼长。与其说《金婚》是写给谢文秀，毋宁说是写给他和谢文秀的过去。

　　他和谢文秀的过去有美好的憧憬、期待、理想。与那个时代许许多多的年轻人一样，没有怀疑，也不可能怀疑，试图怀疑，只能怀疑自己是不是忠，是不是孝。人，历史性地被逼仄到无法自由呼吸的地狱，人哪里还会有呼喊的权利？既然呼喊都不行，从何谈起对自己尊严的维护呢？邵燕祥、谢文秀迎来了金婚之年，回首凝望，这五十年绝不轻松。"反右"开始，邵燕祥变成了"右派"。你可以说自己不是"右派"，也可以说自己不是"左派"，但这由不得你，究竟是什么派，组织说了算。在组织的眼睛里，邵燕祥是"右派"，那你就是"右派"了。对"右派"的一切惩罚，你都在劫难逃。一九五七年六月八日《人民日报》发表了社论《这是为什么》，这篇社论的题目直白、短促，有一种不祥的气氛。邵燕祥读完了《这是为什么》，立刻眩晕起来，脚下失重，一位二十四岁踌躇满志的诗人，精神到了崩溃的边缘，不仅喃喃道："这是为什么？"一位满眼都是阳光的年轻诗人，一位为祖国放声歌唱的诗人，眼睛被蒙上了，嗓子被堵住了，张、林的悲剧不在"文革"前而在"文革"中。然后又是"文革"。十年动乱，令人窒息，风声鹤唳，哀鸿遍野。"是记忆/穿过五十年光阴，我的记忆是我的生命"，邵燕祥奋力挣扎，九死一生，迎来了金婚赋诗的一天。我清楚，这样的一天，来得是多么不容易。

对"不容易"的原因，邵燕祥一直在思索。读过他的组诗《母语写作·怀旧之什》，掩卷后，心如电击般一阵阵颤栗。在《夹边沟》中邵燕祥写道："血腥的沙砾/无数的墓碑都是粉饰和欺骗/被害者没有墓碑/甚至没有坟墓/口令/训斥/鞭挞和呻吟/都被风刮走了/血痕和泪渍/早被风刮干了/过去的一切全不在了/只有你们留在这里/以你们的白骨/历史被黄沙掩埋/比无名白骨埋得深/而你们的灵魂/至今流落到何处/也许随着刺骨的朔风/一路呼吼/撼动所有的门窗/在这倒春寒的暗夜/寻找着/有多少颗心/敢听/你们/倾诉的/记……忆？"夹边沟在哪里？他与诗人究竟是什么关系？不能忘却的过去，让诗人经历了什么？考据夹边沟对诗人创作的影响，不是我的学养所能胜任。好在一首诗给我提供了足够的诗美资源，使一个读者真切感受到邵燕祥对苦难历史的诘问，对罪恶的永不饶恕。诗写玄了，让人读不懂；写贱了，让人起鸡皮疙瘩，恶心；写空了，读不出所以然，有上当受骗的感觉。可是，玄、贱、空，正如流感一样感染了诗坛，玄诗人，贱诗人，空诗人渐渐多起来，让人对诗歌产生了怀疑。但是，多元化的现实选择，任何人都有自由干自己的事情，玄有自在，贱可以换来物质财富，空会让人高山仰止，"凡是合理的就是现实的，凡是现实的就是合理的"，自由的空间，只有自己对自己负责。基于此，我喜欢邵诗也是情理之中的事情，是我的事情。

邵燕祥始终不渝地反思着自己所经历的过去，对民族的悲剧和个人的悲剧，以及造成民族悲剧和个人悲剧的根源，进行着彻底的追问。这不是一件容易的事，集体性的遗忘，遗传病似的民族失语，既得利益集团惯长的现实粉饰，都可能混淆黑白，颠倒是非。这甚至比"反右""文革"的罪行还要可怕。

世界是五彩缤纷的，诗人有各式各样的。作为诗人，邵燕祥把自己的苦难当成了思想的资源、前进的动力，上下五千年，破解着形成现有困境的历史成因。他老了，不需要更多的生活资料，几间屋，三顿饭，一张床，自由阅读、思想、写作的权利，可以让他在另一层面发愤图强。救己，才能救世界；救世界，个人才有出路。老夫聊发少年狂，我看到了诗人的真美。"我们的文化在坟墓里/我们的文化跟显贵的尸骨在一起/我们的文化/在考古学家到来之前/已落在盗墓者的手里/考古学家发现/那古老的盗洞/经历了几十年几百年几千年的风风雨雨/我们的文化是我们的/先人的遗产/无名的先人所创造/替有名的人殉葬/又被匿名的先人挖掘出来/先人啊/盗墓也是一种古老的遗风/你能不承认历代的盗墓者/也是我们的先人吗/当代考古学家的洛阳铲/抵不上他们绵延千载的努力……"这是组诗《母语写作·怀旧之什》中的一首诗，题为《我们的文化》。看不出技巧，也没有华丽、激昂的词句，可是，读过以后，为什么自己的脸一阵阵地红起来？羞愧，痛楚，心惊，胆战。不就是一首诗吗，为什么让我无地自容？我们干了许多坏事，我们的先人同样干过许多坏事，经诗人的点拨，突然顿悟——该反省自己了，在现代化的号角嘹亮吹起三十多年的当下，如果我们为了一己的利益无耻维护着盗墓者们的巧取豪夺，我们的未来光明何在呢？吴小龙说得好："一个民族自觉选择了遗忘，这是可耻；一个民族被迫选择了遗忘，这是可悲。"在消费至上、贪污成风的时代，种种以经济增长为借口的资源开发和以搞活经济为目的的行贿受贿，让我们尝到了太多的甜头。人们津津乐道汽车的调换，房子的增减，权力的租赁，性交伙伴的调整，厉声嘲笑有着科学、民主、平等思想的人，蔑视城乡平民，对穷人冷嘲热讽。谈不上普世情怀，就连人最固本的廉耻之心、礼义之心都没有，用乡下人的话所说，良心被狗叼去了。

在相当长的时间里，诗人主动思考着历史和现实的一切。他从细节出发，总结历次运动中的普遍规律，攥住"群众专政"的核心问题，痛定思痛地撕开了我们躯体上刚刚结痂的伤痕，把血痂下面的脓血展露在世人的面前。与年轻的学者、诗人相比，邵燕祥有太多的优势。他有"生活"，"反右"时他是"右派"，"文革"时他蹲过牛棚，目睹并体验了"群众专政"带给自己、带给民族的可怕伤痛。他说，由于回忆"群众专政这个提法（我初识之于一九六八年），追溯其源流，发现它的内涵极其丰富，外延极其广阔，它几乎贯穿了夺权和执政的各个时期，涵盖了革命和建设的各个领域，弄清群众专政的实质，有助于理解建国前与建国后的历次革命群众运动，思考长时期以来民主与专政的理论与实践，还有一切与"群众"有关的词语的意义。

这是为什么？不是生逢盛世了吗？有好吃好穿，你好我好大家好，一部分人终于富裕起来了，还有必要总盯着身上的伤口吗？有必要，当然有必要。首先，摆在我们面前的还是一个需要思考的盛世，统计学告诉我们，贫富差别一天天拉大，司法、教育、新闻等一天天在为红包服务，政治道德、伦理道德正在堕落。奔驰车、别墅、高尔夫球俱乐部的会员证等，不是盛世的指标。至于一些人闭着眼睛说到处莺歌燕舞，更有潺潺流水，权且当成一种自由言论来听。

诗人的忧患来自诗人理性的自觉，在《与德国小蠊对话》一诗中，邵燕祥对自己保持清醒思考的状态作出了有力的说明——"我以个人的名义/斥骂/你这肮脏的小爬虫//而德国小蠊反唇相讥/人/人在哪里/真正的人已死光/我眼前只有行尸走肉（但是在人眼中，你可能行尸走肉都不是。）"应该说，中国的历史没有像今天这样拥有如此之多的财富，但是，也没有像今天这样说假话、办坏事还泰然自若，脸不红，心不跳。当权力成为社会最大的物质基础时，人们对权力的渴望，庶几是我们内心变态的条件。一时间，买官成为最大的消费需求，鬻爵则成为无本的暴利。晚清小说《官场现形记》所描写的社会现象，远比今天显得浅陋、简单。盘活权力，围绕权力作财富上的文章，绝对是我们史无前例的创举。追逐财富，让我们忘乎所以，古人倡导的是非之心、辞让之心，被视为历史的包袱，故意让狗叼走。渴望权力，几乎成为全民的梦想。在各个领域，一切问题都用官本位来衡量，住房、医疗、用车，个人的价值，岗位的意义，甚至是死后的丧事，无一不用官职量化。在追逐权力的过程中，厚黑之学显示出强大的实用性与合理性，人们兴致勃勃谈论此学的妙道与神奇。现代意义的人格、尊严、责任一夜之间蒸发殆尽，儒家文化的操守、道义、礼教、公正、清廉、律己、敬事，遗憾地成为历史的声音，只能

远远地、隐隐地倾听了。公理正义的失衡，道德的沦丧，即使
我们站在黄金堆成的山头，我们的耻辱感也不能减轻，我们的
危机感也不能消失。

　　面对现实和自己，我们会因胆怯、个人的利益，逃避或沉
默。但是，我们的后人注定比我们聪明，也比我们勇敢，他们
不会以我们的意志书写他们前辈的内心和行为。为了让后人更
少地看到我们的愚蠢，不认为我们是傻瓜、白痴，还能以人的
意义，评说我们所经历的道路，我们需要深刻反思自己，认真
打扫精神的庭院，矫正历史形成的习惯性弯路，让我们成为真
正的人，让昨天成为清楚的过去，让今天成为反思的现实，让
明天成为清洁的未来。面对小蠊的冷嘲热讽，甚至是狂傲的蔑
视，人们啊，我们怎么能够无动于衷？

戏剧性散文与散文戏剧性

二十世纪八十年代末，余秋雨在《收获》杂志开设"文化苦旅"专栏，历时两年，一系列文章极大丰富了当代散文创作，催生出文化散文新说。文章发表的过程，余秋雨还不为更多的人所知，甚至一些读者以为余秋雨是一个文学新人。

我是随着一期期的《收获》，读完了余秋雨一篇篇的文章，转瞬二十多年的时间过去了，我依然记得读余秋雨时的愉快心情。当时，我致书友人，坦陈余秋雨的散文时代即将到来。

我对余秋雨有偏爱，原因很简单，我学戏剧，当一名曹禺、奥尼尔、易卜生、迪伦马特一样的剧作家，一直是我的远大理想。因此，我也读了具有"南余"之称的戏剧学学者余秋雨的著作，如《艺术创作工程》《戏剧审美心理学》，尤其是后者，我读了三遍之多。

二十世纪九十年代初，余秋雨《文化苦旅》单行本历尽波折得以出版，获台湾最佳读书人奖，余秋雨逐渐红起来，一直红到大火熊熊。

文学界与作家们对余秋雨的情感有点复杂，甚至不认为《文化苦旅》是严格意义的散文，对余秋雨本人也不知说什么才好。但，余秋雨是忽略不得的，靠文章可以成为家喻户晓的公众人物，不是等闲之辈可为。于是，鲁迅文学奖降临到他的头上，文学界不能不以文学的眼光来审视余秋雨。只是这时候的余秋雨完全"做大"，对某些荣誉已熟视无睹了。

时间会澄清许多东西，与一九八七、一九八八年拉开一段距离，我们看问题的眼睛似乎会清晰一些、明亮一些。对余秋雨的评价不神化，也不妖魔化了。文学评论家、清华大学中文系教授王中忱在《日本学论坛》（二〇〇一年第一期）发表了《殖民主义冲动与二叶亭的中国之旅》一文，其中谈到了余秋雨《文化苦旅》中有代表性的一篇文章《这里真安静》。王中忱说：

>……这里还应该提到余秋雨先生收在《文化苦旅》（上海，知识出版社，一九九二年三月）中的《这里真安静》，这篇散文也写到了二叶亭四迷。作者过访新加坡，一位朋友带领他到一个墓地去参观，在那里和二叶亭相遇。二叶亭四迷的墓为什么建在了新加坡？原来，一九〇三年离开北京回国后，二叶亭的求职、谋生并不顺遂，好不容易进入朝日新闻社，写

作和工作也很不如意，所以，又萌动去海外的念头。一九〇八 年六月，他作为朝日新闻的特派员奔赴俄罗斯，途经中国的大连、哈尔滨等地，曾小做停留。二叶亭的第二次中国之旅，算是旧地重游，但因为日俄战争后，日本已经在中国东北占据优势地位，他的心境也今非昔比了。走在大连街头，"行人皆我同胞，店头招牌皆我日本方形文字，再也没有人用怀疑军事侦探的奇异目光看我，对谁都可以毫无顾忌的挥手致意，在宽阔的大道上阔步行进，我的喜悦之情无法按捺"。一个殖民地新主人的神态跃然活现于纸上。在俄罗斯，二叶亭工作到一九〇九年二月，身体感到不适，随后病情不断加重，四月，决定取道欧洲，经伦敦乘日本航船贺茂丸号回日本。五月十日，船在从哥伦坡到新加坡途中，二叶亭四迷病逝。十三日，贺茂丸号停靠到新加坡，二叶亭的尸体在当地火化，他的墓也就留在了这里。不过，在日本本土，还有一座二叶亭四迷的墓，那是二叶亭的朋友和东京外国语学校的校友一九二一年在东京丰岛区染井墓地给他修建的。

余秋雨先生的文章说，在新加坡的这片墓地，他先看到的是日本军人的墓，即二战时期担任日本南洋派遣军总司令的寺内寿一和他数万名战死的部下的墓，然后看到了日本女人的墓，从二十世纪初到二战结束期间到南洋谋生的日本妓女的墓，最后才看到日本文人二叶亭四迷的墓。虽然按照埋葬的年代，可能顺序正好相反，二叶亭是比较早地进入这块墓地的。

在日本军人墓前，余秋雨先生历数寺内寿一等军阀的暴虐，在日本妓女墓前，他表达了对这些不幸女性的同情，也分析了造成她们不幸的历史根源。到了二叶亭四迷的墓前，余秋雨先生首先感到意外，但也产生了一种"亲切感"，所以，他的文章写到这里，议论和抒情都达到了高潮：

……一半军人，一半女人，最边上居高临下，端坐着一位最有年岁的文人。这么一座坟地，还不是寓言么？

二叶亭四迷早早地踞守着这个坟地，他万万没有料到，这个坟地以后会有这般怪异的拥挤。他更无法设想，多少年后，真正的文人仍然只有他一个，他将永久地固守着寂寞和孤单。

我相信，如果二叶亭四迷地下有灵，他执拗的性格会使他深深地恼怒这个环境。作为日本现实主义文学的一员大将，他最为关注的是日本民族的灵魂。他怎么能忍心，日日夜夜逼视着这些来自自己国家的残暴军士和可怜女性。

但是，二叶亭四迷也许并不想因此离开。他有民族自尊心，他要让南洋人知道，本世纪客死外国的日本人，不仅仅只有军人和女人。"还有我，哪怕只有一个：文人！"

从余秋雨先生的文章得知，对二叶亭，他是有所了解的，但显而易见，国内现有的关于二叶亭的研究和译介，局限了余秋雨先生的知识视野。如果他对这位"日本现实主义文学的一员大将"的另一面，也就是他的"志士气质"和"东亚大经纶家"性格有所了解，如果知道二叶亭的大陆志向和经营满蒙的构想，知道他那惊世骇俗的"胯裆政策"，应该是另有一番感慨了吧。

王中忱感慨地说：

……无论是周一良先生的论文，还是余秋雨先生的随笔，都让我们感到，学术信息闭塞和有关资料的匮乏，未必是造成二叶亭认识盲点的根本症结……而余秋雨先生的散文，虽然看似个人色彩鲜明，但其实并无创见和洞见，在他那慷慨激昂的议论中，分明可以感受到近些年来颇为流行的所谓文人——知识分子超政治、超意识形态的幻想，看到更早一些年代曾在文艺理论界占主导地位的现实主义万能论的痕迹。仿佛只要是文人，就天然和军人、政治家有清浊之别，如果是现实主义的文学家，那就更天然会是反动军人、政治家的审视者和批判者，天然会是不幸女性的同情者。支撑余秋雨先生那极具煽情色彩的"寓言"

故事和遮蔽人们全面认识二叶亭四迷的视线的，难道
主要不是这样一些长期被视为无需质疑和追问的
前提？

王中忱对余秋雨的批评，学理性强，也有历史深度和思想
锋芒，是我所见"批余"文字中论据充分、视角独特的论述。

文学评论家张志忠对王中忱的观点保守地认同，他说：
"这两点批评，理论上我想是可以成立的，不过具体到余秋雨，
或者可以作一些分辨。第一点，对二叶亭的误读，不但是借第
二手第三手材料了解二叶亭的余秋雨出了差错，问题的原因首
先是在一些研究介绍二叶亭的日本文学研究者那里；连那些专
家都所知有限，何况并非专业的日本研究者的余秋雨呢？第二
点，超政治、超意识形态和现实主义万能论与中国学者对二叶
亭的误读与推崇，显然是有内在联系的，但是，具体到余秋
雨，怕也未必，因为没有什么证据，而只是一种推论。不过，
王中忱的批评让我们看到事实的真相，看到二叶亭的不为国人
所知的另一面，功莫大焉。"

学者的理性和对历史与文学的认知与判断能力，张志忠赞
赏王中忱之余，对余秋雨的《这里真安静》推崇备至。他在
《狂戾军乐、凄迷艳曲和庄重美文的三重奏——读余秋雨〈这
里真安静〉》（《解放军艺术学院学报》二〇〇六年第三期）一
文中指出，余氏从这墓地的偏远、凄凉、冷落和被遗忘中，解
读出日本军人令人悚然惊心和让人畏惧的民族性格，以及妓女
的出卖肉体与日军的屠杀掠夺之间内在动因的深刻同一性。与

此同时，还对日本作家给予了完全不同于军人和妓女的另一种评判，从而使这片墓地以及这篇文章，有了一个特别的"三元结构"。不错，《这里真安静》的确是一篇充满了感情要素的文章，正如同张志忠所说："十余年后重读此文，当年的惊讶感不会复现，但是，文章的感染力犹然存在。这是一篇让人屏住呼吸、蹑手蹑脚地轻轻捧读的文字。这里真安静，安静得让我们也情不自禁地放松了脚步……"在王中忱看来，《这里真安静》受了硬伤。那么何以一篇受了硬伤的文章依旧令张志忠"情不自禁地放松了脚步"呢？依我看来，还是余秋雨写文章的"道行"——戏剧性起到了决定性的作用。

余秋雨是戏剧学教授，在讲台上的风采远远超过了"百家讲坛"上那些所谓的学术超男和学术超女。写文章，哪怕是理论文章，笔致洞达，文采斐然，耐读也爱读。二十世纪八十年代，全国展开了一场戏剧观的大讨论，余文高屋建瓴，客观、坦诚地分析了各家之说，以真挚的情感倡导学术争鸣的互补，而不是互斥，给我留下了深刻的印象。也许，戏剧助燃了二十世纪八十年代的文化运动，一时间，戏剧性也成了一个具有普遍性的文化概念，甚至文学界、电影界也讨论起戏剧性问题，一些先锋作家、导演、编剧，鼓吹小说、电影的非戏剧性、淡化情节等，试图以艺术家的主观意识进行创作上的探索。等到叫好不叫座的小说、电影面对读者、观众的冷漠，而对市场价值一天比一天重视的当下，一度热血澎湃的艺术家们不得不低下高傲的头颅，于是，对戏剧性的漠视，就成了愚蠢的行为。余秋雨当然知道戏剧性的重要，尽管他不能赋予自己的戏剧作品更多的戏剧性，写不出可以让剧院经常上演的好剧本，但是，他巧妙地把写戏的才能再恰当不过地落实到自己的散文创作之中了。

戏剧性成全了余秋雨。

在张志忠看来，《这里真安静》是狂戾军乐、凄迷艳曲和庄重美文的三重奏，细细品来，这不正是戏剧性的直接体现吗？这究竟是天赐文缘，还是意外巧合？难道一生顺遂的余秋雨所面对的全部是戏——一半军人，一半女人，最边上居高临下，端坐着一位最有年岁的文人。这么一座坟地，还不是寓言么？

当然是寓言，还是戏剧性的寓言。

《酒公墓》更胜一筹。此文余秋雨记述了乡人张先生的坎坷的一生——美国归来，大志难酬，旧社会被土匪绑票，新社会又因把"东风压倒西风"写成"西风压倒东风"被打成"右派"，平反后，只能靠写墓碑换酒为乐，死之前，奢望余秋雨先生写一块墓志，又遭拒绝，余先生仅写"酒公张先生之墓"七字。《酒公墓》形象的鲜明性，情节的曲折性、传奇性，自然产生了戏剧性，构成了极大的审美诱惑。我对戏剧性的理解相对简单，无非是无巧不成书而已。的确，《酒公墓》太巧了，如果说这是一篇小说，其中的细节真实也是值得推敲的，何况还是一篇叙事性的散文。《老屋窗口》像一首诗，看似淡薄，其实凝重。余秋雨出生的老屋是一个意象，"雪岭顶上，晃动着一个红点"又是一个意象，买老屋的陈米根、母亲，还有余秋雨，一同结构了一个感伤的故事——青春与故园，抗争与妥协，幻想与现实，"你永远奔驰在轮回的悲剧，一路扬起朝圣的长旗"，看看，值得留恋的过去，多么辛酸的现实。不过是一篇回乡记，却写得如丝如缕，写出了戏剧性才戛然而止。貌似写景的《三峡》，也没有忘记以诗性的想象设计悬念，制造冲突，感叹"李白与刘备，诗情与战火，豪迈与沉郁，对自然美的朝觐与对山河主宰的争逐。它高高地矗立在群山之上，它脚下，是为这两个主题日夜争辩着的滔滔江流"。看看，三峡的起点分明是一个舞台嘛。帷幕拉开了，有景，有情，再加上余秋雨优美的独白，能不是一幕好戏？懂戏的余秋雨，写着散文，时刻不忘记文本的流畅，读者的接受，相比较，那些自负而个性十足的作家，豪迈地为下一代人写着鬼鬼祟祟的文章，也不知会写出什么。《贵池傩》更有戏了。这里面不仅有文明与愚昧的冲突，历史与现实的冲突，也有国际与国内的冲突。一个原始的戏剧形态，如此精到的起承转合，我们看到听到了"舞姿笨拙而简陋，让人想到远古。由于头戴面具，唱出的声音低哑不清，也像几百年前传来。有一重头戏，由傩班的领班亲自完成。这是一位瘦小的老者，竟毫不化妆，也无面具，只穿今日农民的寻常衣衫，在浑身披挂的演员们中间安稳坐下，戴上老花眼镜，一手拿一只新式保暖杯，一手翻开一个绵纸唱本，咿咿呀呀唱将起来。全台演员依据他的唱词而动作，极似木偶。这种演法，粗陋之极，也自由之极。既会让现代戏剧家嘲笑，也会让现代戏剧家惊讶。"看着这段描写，似乎看着余秋雨的所有文章。

评曹禺戏剧剧本的短长，有一个流行而深刻的论点——太像戏了。余秋雨的文章好不好，当然好，只是也太像戏了，像"三一律"那种的戏，紧凑，精致，情理适中，扣人心弦，但矛盾的铺陈，迭起的高潮，时时露出人为编撰的痕迹，留下了或大或小的遗憾。突然，我想起了非戏剧性和情节淡化的理论争鸣和创作实践，一个时期的津津乐道，其交锋点所围绕着无非就是美学意义上的虚假与真实。

施蛰存如此批评《兰亭序》

一九九〇年九月二十日，施蛰存发表了《批"兰亭序"》一文。这时候，我对《兰亭序》如痴如醉，不管是文章还是书法，在我的心中都是重要的文化存在。

那么，施蛰存如何批评《兰亭序》呢？这个问题让我陷入深深的思索之中。

施蛰存，中国现当代"百科全书式"的作家、翻译家、教育家和古典文学理论家。钱谷融说，施蛰存的一生凭趣味，为艺术而艺术。钱中文说，施蛰存是中国传统优秀知识分子的代表。

在我对现代文学史有限的了解中，知道施蛰存与鲁迅曾有过十分友好的交往，也有过激烈的争论。施蛰存曾在《现代》

上冒险刊发了鲁迅的重要文章《为了忘却的纪念》。遗憾的是，不久，也就是一九三三年十月，鲁迅与施蛰存关于是否要读《庄子》与《文选》打起了笔仗。读不读古书，该如何读古书，是民国年间文人们纠结的问题。这次争论，施蛰存被鲁迅称之为"遗少群"的"一肢一节"，是"洋场恶少"。好在那个时候的鲁迅还没有政治化，施蛰存对鲁迅也进行了抨击。

对《兰亭序》，施蛰存当然熟悉。他在中学任教时给学生讲了几十遍《兰亭序》，那种人云亦云似的讲解，并没有让他觉得《兰亭序》有什么不对。

"文革"期间，施蛰存下放嘉定劳动，住在卫生学校。一位女教师带着《兰亭序》向他请教，她的问题是：这篇文章上半篇容易懂，下半篇难懂，特别是"'死生亦大矣'，岂不痛哉"，令人迷惑。女教师的问题，引起了施蛰存的注意，他用思想分析的方法再读《兰亭序》，发现了这篇著名文章的问题。为此，他说："王羲之的《兰亭序》，尽管它来历不明，聚讼纷纭，至少在唐朝以后，总可以算是古文名篇了吧？不过，这一名篇，还是靠唐太宗李世民的吹捧，在书法界中站住了脚，在文章家的观感里，它似乎还没有获得认可。许梿的《六朝文絜》、王文濡的《南北朝文评注读本》都不收此文。可知这篇文章在近代的盛行，作为古文读物，还是姚惜抱的《古文辞类纂》和吴氏昆仲的《古文观止》给它提拔起来的。"

施蛰存为我们描绘了《兰亭序》的历史背景。

施蛰存再一次细读了《兰亭序》，所得出的结论令人瞠目：七拼八凑，语无伦次，不知所云。

施蛰存是学贯中西的人物，他不会空洞地说"好"和"不好"，他是喜爱读古书的人，谈问题，信奉"拿证据来"。

首先，施蛰存对《兰亭序》中"向之所欣，俯仰之间，已为陈迹，犹不能不以之兴怀"和"况修短随化，终期于尽"两段话提出异议。他说，上段话是说人生短促，一瞬之间，一切都过去了，使人不能不感伤。下句话的意思是，何况寿命长短，都随自然决定，归根结底，都是同归于尽。施蛰存认为，上下相连的两句话是对立的，既然我们都知道人寿有长短，何以感伤人生之短促呢？"况"字让人迷惑。

其次，"古人云：'死生亦大矣'，岂不痛哉"，也让施蛰存陷入矛盾之中。施蛰存说："把'死生亦大矣'这一句的意思讲明白，就可以发现这一句写在'修短随化，终期于尽'之下，简直无法理解作者的思维逻辑。底下还加一句'岂不痛哉'我们竟不知道他'痛'的是什么？"

第三，"固知一死生为虚诞，齐彭殇为妄作"一句，与上文"况修短随化，终期于尽"用的都是肯定语气，在施蛰存看来，这是"一死生，齐彭殇"的观点。仅仅隔了两行，把"况修短随化，终期于尽"看成了"虚诞"和"妄作"，显然自相矛盾了。

第四，施蛰存对"后之视今，亦犹今之视昔，悲夫"一句更不能接受。他说："我们无法揣摩作者'悲'的是什么？因为今昔二字在上文没有启示。今是什么？'已为陈迹'了吗？昔是什么？'向之所欣'吗？或者，'今昔'指'死生'吗？一般的注释，都说：今是今人，昔是古人。那么，作者所悲的是：一代一代的人，同样都是'前不见古人'的悲哀。大约作者之意，果然如此，不过应该把今昔释为今人今事与古人古事。但这两句和上文十多句毫无关系，连接不上，依文义只能直接写在'向之所欣'四句之下。因此，这中间十多句全是杂凑、迷乱的主题，岂非'语无伦次，不知所云'？"

还有没有人与施蛰存一样向《兰亭序》发难？不知道。然而，如此直率、犀利地直陈《兰亭序》一文的不足，我还是第一次看到。对名作、名人的再认识、再评价，是每一个时代必须面对的问题，也是对一代人智慧的考量。施蛰存对《兰亭序》的批判，让我们懂得了对文化经典需要持什么样的态度，又需要从什么角度进行解读。

陈独秀书法的"孤"与"不孤"

陈独秀《题刘海粟古松图》一诗在读书人中间流行一阵子:"黄山孤山,不孤而孤,孤而不孤。孤与不孤,各有其境,各有其图。"

讨论陈独秀书法,在这首即兴题诗中参悟到许多东西。陈独秀面对的岂是刘海粟的画作,其实,他面对的是自己的内心。

陈独秀在中国历史中的短长和深浅,不是这篇文章所要关注的。但有一点清楚不过,他的命运与他写给刘海粟的题诗十分契合,与他的书法也遥相辉映。可见,陈独秀的一生凸显文人本色。

对陈独秀的书法,我们嗅到了历史的沉香。一、他是旧学熏陶出来的革命家，诗教书学，伴随他的一生；二、他对书法有深入的体察，书法的风格，书写的技巧，他都有过发言，其中的一些观点，在书法史中熠熠闪光。

对书法，陈独秀没有懈怠，其传记，记载了他与妻妹高君曼私奔的故事。那是一九一〇年，两个人反叛礼教，携手往杭州居住，一九一一年结婚。恰是在这段年月，他与沈士远、沈尹默、马一浮相识，谈诗论书几成常态，陈独秀还"总要每天写几张《说文》上篆字，始终如一。比我们哪一个人都有恒心些"（马一浮语）。

在杭州，陈独秀与沈尹默相识。沈尹默在《书法漫谈》一文里记载了他与陈独秀的书法缘："二十五岁左右回到杭州，遇见了一个姓陈的朋友，他第一面和我交谈，开口便这样说：我昨天在刘三那里，看见了你一首诗，诗很好，但是字其俗在骨。我初听了，实在有些刺耳，继而细想一想，他的话很有理由，我是受过了黄自元的毒，再沾染上一点仇老的习气，那时，自己既不善于悬腕，又喜欢用长锋羊毫，更显得拖拖沓沓地不受看。陈姓朋友所说的是药石之言，我非常感激他。就在那个时候，立志要改正以往的种种错误，先从执笔改起，每天清早起来，就指实掌虚，掌竖腕平，肘腕并起的执着笔，用方尺大的毛边纸，临写汉碑，每纸写一个大字，用淡墨写，一张一张地丢在地上，写完一百张，下面的纸已经干透了，再拿起来临写四个字，以后再随便在这写过的纸上练习行草，如是不间断两年多。两三年后，又开始专心临写六朝碑版，兼临晋唐两宋元明家精品，前后凡十数年挥毫不辍，直至写出的字俗气脱尽，气骨挺立。"

陈独秀反对俗气。在他看来，书法审美，俗即"不孤"，不俗则"孤"，所谓的"气骨挺立"。

辛亥革命前后，陈独秀对书法的研习，有文化的要求和学术的准备。他临写了许多篆隶名碑，对"石鼓""二袁"有独特的理解。一九三二年，陈独秀为友人写了一副篆书对联"行无愧怍心常坦；身处艰难气若虹"，较好体现了陈独秀对篆书的深入理解。清人陈炼在《印言》中说："大凡伶俐之人，不善交错而善明净。交错者，为山中有树，树中有山，错乱成章，自有妙处，此须得老手乘以高情；若明净则不然，阶前花草，置放有常，池上游鱼，个个可数，若少间以异物，便不成观。"从这样的视角看陈独秀的篆书，我们的感受是深刻的。"行无·身处"篆书联，字势灵动，不受原拓束缚，用笔沉实、平正、老辣、凝练，对接了中国篆书的骨架和灵魂，表达了作者尊古崇法的创作态度，无疑是书法理性主义者的自觉追索。

古厚、苍拙，是陈独秀书法的文化基调。因此，陈独秀的书法作品，克服了他极力反对的"其俗在骨"的浅媚、流畅，以他对传统艺术的认知，展现了他的情感书写、个性书写和复古书写。在政治上，他标新立异；在书法创作上，他稳健前行，"不孤而孤，孤而不孤"。

考察陈独秀的书法创作，极其艰难。作为中国共产党的创始人，他的人生和他的书法一样，处在矛盾和悖论之中。不过，他与沈尹默的交往，与台静农的友谊，让他在不经意间，给民国的书法理论提供了重要的艺术思想资源。

　　陈独秀有篆隶的功底，这是陈独秀作为书法家的重要基础。同时，他的行草书也具有浓郁的魏晋遗韵，遒劲、恢弘，达观、飘逸，富含文人书法的精神品质。

　　台湾"中央研究院中国文哲研究所筹备处"整理编辑的《近代文哲学人论著丛刊》，其第六种《台静农先生珍藏书札（一）》，收陈独秀致台静农手札一百零二通，又陈氏手书诗文稿及书艺等一卷。无疑，这是研究陈独秀书法的资源库，也是陈独秀书法创作的集大成。其中一通手札谈到书法，又涉及对沈尹默的评价。此时，与当年批评沈尹默书法"其俗在骨"的时候有三十年的遥远距离，陈独秀作为中共领袖，经历了人生无数的磨难，提及书法，依旧坚持当年的立场，似乎政治风雨并没有淋到他的头上。以此可以看到陈独秀的定力：

　　　静农兄：十日手示敬悉，馆中谅无意将拙稿付印，弟已不作此想矣……尹默字素来工力甚深，非眼面前朋友所可及，然其字外无字，视卅年前无大异也。存世二王字，献之数种近真，羲之字多为米南宫临本，神韵犹在欧褚所临兰亭之下，即刻意学之，字品终在唐贤以下也。尊见以为如何？此祝，健康。弟独秀四月十六日

　　从"其俗在骨"，到"字外无字"，显然，陈独秀对沈尹默书法评价近于苛刻了。我们不谈沈尹默书法的本质意义，也不谈沈尹默书法是否如陈独秀所言"字外无字"，重要性在于，

陈独秀的书法美学观与他的人生信仰、人格构建究竟有着怎样的关联？

首先，陈独秀反对庸俗气的书法。庸俗即意味着肤浅，肤浅即意味着审美价值的薄弱。对艺术而言，宏大、深邃，中和、风华的性质与气象，才能拨动人的心弦，才能让人感动，才具有永恒的艺术价值和久远的审美意义。

第二，陈独秀强调个性。学习书法，需要保持对古人的尊崇，但不能泥古不化，做冬烘先生。作为一个时代的文化旗手，陈独秀对艺术有着历史性的把握，为此，他坦言"存世二王字，献之数种近真，羲之字多为米南宫临本，神韵犹在欧褚所临兰亭之下，即刻意学之，字品终在唐贤以下也"。怎么办？学到古人的精髓，要有创新精神和个性表达。

第三，强调书法的人格化。"字外无字"中所提到的两个"字"，有着不同的涵义，前者指的是文字，后者指的是学养、操守、人格。尽管沈尹默的书法"工力甚深"，因其"字外无字"而显得苍白、浅陋。

陈独秀的书法判断对现实有启发。当代书坛，"工力甚深"者不乏其人，甚至某些"十日一笔，月数丸墨"者，聒噪自己超越了古人，也不至书法之佳境也。"字外有字"，是书法的高境界，是书法技近于道的过程，是书法家的内心孤独和"天行健，君子以自强不息"的人格实现。

李準和他的书法

　　作为中国当代有影响的作家，李準保持了相当旺盛的创作活力，甚至成为我国文坛一个有趣的现象。一九五三年，李準在《河南日报》发表的短篇小说《不能走那条路》，立刻引起震动，全国各地有三十八家报纸转载，《人民日报》转载时还加了编者按，据说，编者按系毛泽东所写。一时间，李準红极一时。这是李準人生与创作的转折点，此后，李準从河南调至北京，创作热情迅速提高，又发表了《李双双小传》《老兵新传》《龙马精神》等小说，改编成电影后，风靡全国。时任国家文化部部长的著名作家茅盾说，李準的小说"洗练鲜明、平易流畅，有行云流水之势，无描头画角之态"，评价非常之高。李準由此成为影响广泛的著名作家，并出席了全国青年积极分

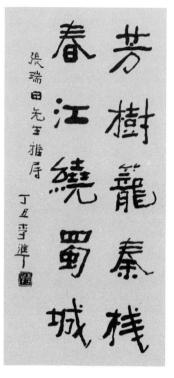

李凖墨迹

子代表大会、全国群英大会、全国文代会，当选为中国作家协会理事，第三届全国人大代表。

"文革"期间，李凖受到冲击，被下放到河南位于豫东黄河古道上的西华县。在这里，李凖一边劳动，一边收集素材，写下了大量笔记。"文革"结束后，李凖潜心创作了长篇小说《黄河东流去》，小说出版后，再次引起读者的广泛关注，获得全国首届茅盾文学奖。重现文坛的李凖宝刀不老，又与著名导演谢晋、谢铁骊合作，改编并创作了数部电影剧本，如《牧马人》《高山下的花环》《石头梦》《双雄会》等，两次被评为全国电影百花奖的最佳编剧。进入二十世纪九十年代的李凖，担任了中国作家协会副主席和中国现代文学馆馆长之职，依旧笔耕不辍，不过，作家的另外一份才情又显露出来，那就是书法。

我对李凖并不陌生。二十世纪八十年代，曾在一家报纸上看到李凖的书法，并没有感到意外，我知道，李凖一代的作家或多或少地受到过旧学的浸润，写几首旧诗，挥几下毛笔，不算难事。对李凖来讲，写毛笔字不仅不是难事，还有一种成家的架势。在北京的荣宝斋，李凖的书法摆出来了，价格令人咋舌。在二十世纪中国书法大展中，李凖列座其次。在形形色色、大大小小的书法展览和书法集里，也经常可以看到李凖的名字。由此看来，李凖的书法已经走出了名人字的狭窄范围，在书法艺术领域里有了一席之地。我对李凖取法魏碑的字迹非常喜爱。我敢说，在李凖同时代的作家里，他的书法是经得起推敲的。后来与他相识，除了谈文学、电影以外，谈得较多的就是书法。一九二八年，李凖出生于河南孟津县麻屯镇下屯村。在乡下的私塾，他读了《三字经》《百家姓》《千字文》《神童诗》等"破蒙"文本，未等读完"四书五经"，就因家贫，到洛阳谋生，并常到洛阳火车站"聋子书店"借书自修。著名的龙门石窟在洛阳，他去了几次，龙门石窟的碑刻让他震撼，于是找来《龙门二十品》开始临习，试图让自己稚嫩的文笔融进北魏碑刻的豪迈与遒劲。李凖生于中原大地的黄河岸边，身体里涌动着蒙古族的血液，学习书法，其审美旨趣容易导向"碑学"——粗犷、强劲、质朴、沉着的美学范畴。乾嘉以后，汉魏碑志大量浮出土面，客观上促进了清朝考据学的繁荣，另一方面为书法创作和研究开创了新的局面，清朝后期，学碑成为大家的邓石如、包世臣、赵之谦、李瑞清、张裕钊、康有为等人，为我国书法艺术的发展作出了巨大贡献。魏碑独有的风格，引起了李凖的共鸣，在《龙门二十品》里，他找到了自己的倾诉对象，同时奠定了自己的笔墨基础。开张的结构，近于笨拙的笔意，凸显出纯粹的民间精神，给人一种幽远而丰富的想象。从《龙门二十品》开始，他遍览魏碑名拓，对

《张猛龙碑》《张黑女墓志》格外看重，常读常写，形成了自己独特的魏体风格。

读李凖的字，看得出他喜取纵势，方笔、圆笔混杂使用，但，用得多的还是圆笔。李凖用笔，浑雄、厚重，六朝之迹，一目了然。他强调行笔的自然，不去精雕细刻，注重意趣的捕捉和神采的提炼。写魏碑的人常染上"大刀阔斧"的习性，稍不留神，就会露出粗野的痕迹。李凖深明此理，他习碑，不在刀痕上做文章，注重书写的"笔意"。书法是个体生命经验、情感的表达，"笔意"浓郁，表达才能通畅、自然，才能有情可抒，有意可达。康有为在评价张裕钊书法时曾说："吾得其书，审其落墨运笔，中笔必折，外墨必连，转必提顿，以方为圆，落必含蓄，以圆为方，故为锐笔而实留，故为涨墨而实洁，乃大悟笔法。"我读李凖书法，与康有为有同感。对于自己的书法，李凖从不高估，他只是说："我发现书法天地也是一个大千世界。"一名著作等身的作家，一名经历丰富的作家，他感受到了书法对生命的特殊价值。

我是李凖忠实的读者，尽管他的小说已没有几人谈及了，甚至一些人对他使用了不恭之辞。每个人、每个作家都有局限，我承认李凖的局限，在过分强调文艺为政治服务的时代里，李凖的应景之作的确不少。不过，李凖根植于生活大地上的作品和那些栩栩如生的艺术形象，毕竟为文坛增色不少，并成为一个时期的典型形象。尤其是"文革"结束后的电影创作，李凖站在历史的高度，对新中国三十多年的坎坷生活进行了深刻的反思。这一点我们有目共睹。因此，我始终承认他是我国不可替代的优秀作家和电影编剧。也因此急切地想结识这位前辈作家，急欲购得他的一幅墨宝。诗人刘湛秋知道了我的心思，便自告奋勇地表示可以帮助我向李準传达我的想法。刘湛秋与李準是好友，又是邻居。他们都住在宣武区虎坊桥中国作家协会的住宅楼里，几乎朝夕相见。不久，李準给我书写了一张条幅，我如邀前去李府取字。李準的家不大，看样子不到一百平方米，是普通的小三居。最大的一间做了书房。书房靠东的一面墙上挂着茅盾先生送他的行书条幅，北侧的一张条案上摆着两个中国电影百花奖最佳编剧的奖杯。书架、写字台简单、朴素。李準微笑着把写有"芳树笼秦栈，春江绕蜀城"的条幅递给我，我双手恭敬地接过，小心地放到行囊里，然后我们就文学、书法等问题开始闲聊，越聊话题越宽，转眼绕到了"反右"和"文革"十年，以及作家的创作方向和创作自由。他看出我对那段历史有兴趣，又有一定的见解，便说，有时间我们好好聊一聊。

　　李準是饱经风霜的作家，他既是幸运的，又是痛苦的。他亲历了许多事情，也流过许多眼泪。李準的一生有故事。为了这些故事，我想与他深谈。可是，没过多久，李準的旧病脑血栓发作，随即卧床，不日离开人世，终年七十二岁。那一年是二〇〇〇年，李準顽强地跨过了世纪，我却遗憾地没有与他再度深谈。

董桥谈字

　　胡洪侠编《董桥七十》，即刻买来，尽管其中的文章读过了一部分，但不妨碍重读。董桥文章有重读的价值。

　　《董桥七十》中有《七十长笺》，是董桥的自序，是新文，一如旧文，记人言事，情理相应，字响调圆。该文有一段文字言及书法，不佞细细瞧来，发现诗意融融的文字，没有切中字学肯綮，慵慵懒懒的絮叨，把市井逸事，当成真相，看着，总觉是看一段废话。

　　提及刘墉的书法，董桥拿一个小故事说事：刘石庵和翁方纲都是清代著名的书法家。翁方纲极认真地模仿古人。刘石庵则正好相反，不仅苦练，还要求每一笔每一画都不同于古人，讲究自然。一天，翁方纲问刘石庵："请问仁兄，您的字有哪一笔是古人的?"刘石庵却反问:"也请问仁兄,您的字,究竟哪一笔是您自己的?"翁方纲听了,顿时张口结舌。

　　这则故事典出何处,姑且不论,细究对翁方纲和刘墉书法的指陈,顿见扦格。一、中国书法是文化接续性极强的艺术,离不开古人的遗韵,甚至书法艺术评判的标准,也要看临习的火候和融会的分寸;二、刘墉的书法明显胎息颜真卿、苏东坡,如果翁方纲问及刘墉的字哪一笔是古人的,我也要问,翁方纲对书法史的了解究竟有多深,有多广?显然,董桥相信了翁、刘的这段对话,并确认刘墉的书法是"艺术书法",笔笔属于自己。另外,董桥对刘墉学书经历的描述也有问题,他说:"刘石庵远窥魏晋,笔意古厚,初从赵孟頫入,人到中年自成一家,貌丰骨劲,味厚神藏,一点不受古人牢笼,超然独出。"董桥说对了一半,刘墉书法的确笔意古厚,貌丰骨劲,味厚神藏,但不是初从赵孟頫,更不是"一点不受古人牢笼"。

　　康熙皇帝喜爱董其昌,我们便想到他对后人会产生影响。刘墉乃乾隆体仁阁大学士,当然知道前朝皇帝的喜好。但,这不是说他初学赵孟頫、董其昌的理由。刘墉说自己初学钟繇,观其书作,此话靠谱。刘墉生活于乾隆之世,博通经史文学,书名显著,时人将其与邓石如、梁同书、王文治、翁方纲、伊秉绶视为有清第一等书家。董桥说刘墉"初从赵孟頫入",不是自己的发现,乃人云亦云耳。至于"一点不受古人牢笼",更是差强人意。分析书法家,重要的依据是作品,一位书法家临习了什么碑帖,腕下自有表现。刘墉的书法有钟繇流韵,同时,也有"二王"、颜真卿、苏东坡、黄庭坚、米芾的影子。

刘墉后期作品，得力于颜真卿，沉实、厚重，不然，人们不会以"墨猪"相讥。

在书法学习和创作过程中，刘墉的字来路清晰，流转有序，是古典书学的正脉，深得世人喜爱。不过，刘墉的确是一位有创新精神的书法家，有时写字，不拘法度，努力写出个人气概。"然他试图力避宋人米芾尽力尽势之缺点，却又过于蕴蓄，缺少纵逸之气"（王宏理语）。董桥说"我倒偏爱石庵的'自己'了"，权且视为一种姿态而已。

我一向注意董桥谈字的文章，比如《字缘》《倪元璐的字真帅》《梁启超遗墨》等，头头是道，加上绵绵细雨般的文笔和湿漉漉的笔调，煞是好看。董桥讲到自己看字的习惯——"我看字也常常带着很主观的感情去看，尽量不让一些书法知识干预自家的判断；这样比较容易看到字里的人。"基于这样的认识，他看台静农的字有文人的深情——"台静农的字是台静农，高雅周到，放浪而不失分寸，许多地方固执得可爱，却永远去不掉那几分寂寞的神态。这样的人和字，确是很深情的，不随随便便出去开书展是对的。他的字里有太多的心事，把心事满满挂在展览厅里毕竟有点唐突。"我敢说，这段谈字的文字，是当代书论的华彩乐章，没有专家的生硬的强调，多的是才子的灼见和感慨。

董桥谈字，最好不具体，一旦具体，就有破绽。他说沈尹默的字"有亭台楼阁的气息"，鲁迅的字"完全适合摊在文人纪念馆里"，郭沫若的字"是宫廷长廊上南书房行走的得意步伐"，显然是一孔之见。至于袭张大千旧说，认可台静农是

"三百五十年来写倪字的第一人"，并强调"许多年过去，台先生的字我看得多了，真是漂亮，真是倪元璐"，恰恰是他"带着很主观的感受去看，尽量不让一些书法知识干预自家的判断"，结果是"容易看到字里的人"，没有看清字的本身。

台静农在《静农书艺集》的序中写道："余之嗜书艺，盖得自庭训，先君工书，喜收藏，耳濡目染，浸假而爱好成性。初学隶书《华山碑》与邓石如，楷行则颜鲁公《麻姑仙坛记》及《争座位》，皆承先君之教。尔时临摹，虽差胜童子描红，然兴趣已培育于此矣。"

台静农先生对北碑、"二爨"也下了功夫，我看过台静农的碑体书法，雅重行实，超凡脱俗，苍劲沉稳。他以楷书、汉隶的基础染指行草书，格调不同凡响。

说他是"三百五十年来写倪字的第一人"，所指当然是他的行草书。台静农的行草书，提按险峻，八面出锋，风驰电掣，线条、节奏，易见荒疏、激荡。人们愿意拿台静农的行草书说事，甚至把书法家的台静农，解读为仅写行草书的台静农。这一点，启功先生也看出来了。启功先生与台静农先生在辅仁大学时就有情谊，《台静农散文选》中《有关西山逸士二三事》一文，其中提到启功带他往恭王府拜访溥心畬的旧事，称"吾友启元白兄陪我们几个朋友去的"。相隔数十年，启功先生见到台静农先生托人带来的书法，睹字思人，言称台静农先生是"一位完美的艺术家"、台先生"隶书的开扩、草书的顿挫，如果没有充沛的气力是无法写出的"。又说台先生"与其是写倪黄的字体，不如说是写倪黄的感情，一点一画，实际都是表达情感的艺术语言"。

至此,我明白了董桥对倪元璐的推崇,对台静农得益倪元璐书泽的强调。"明代的从容文化浸淫出了素美的沧桑颠倒了多少苍生,政治的挽歌一旦化为山河的呜咽,传统唯美意识终于款款隐进末世的风雨长亭:道统盛宴钗横鬓乱,人文关怀余温缕缕,几代星月繁华的艺情匠心难免空遗宣德名炉沉潜的紫光;政统摇落的一瞬间,桃花扇底斑斑的泣红宣示的岂止媚香楼上佳人的伤逝!"于是,这位"我看字常常带着很主观的感情去看"的人,低吟着对倪元璐书法的谶语:哪一个字不是一念执着的看破?甚至家仇国恨的不甘也许也夹杂着那份浑金璞玉的难舍。

董桥谈字,偶有政治化,也不难见信口开河。在《张秀本色》一文中,他说:"胡先生那手字是娟秀的东坡体,少了雄浑多了清畅,我最爱看,早年南洋有个会馆集他的字做招牌也很气派。"胡先生即胡适,大学者,字真就一般。从上海的中国公学,胡适考取第二次庚子赔款赴美留学的名额,在异国他乡,他接触了新的价值观念和新的文明,包括政治的、科学的、哲学的、文学的,等等,使胡适眼界大开,并开始深刻反思中国几千年历史文化的优劣。去国数载,胡适不仅没有兴趣探求书法,就连给他带来无尚荣耀的中国字,也以怀疑的目光去审视了。在美国,还没等哥伦比亚大学的博士学位拿到手,他就匆匆归国,赴北京大学教授的职位,开始以学贯中西的头脑,来推动新文化运动了。果然出手不凡,几篇文章,几首新诗,就塑造出一个别出心裁的大师来。这位有历史癖的大师说："但我相信，汉字实在是很难学的教育工具，所以我始终赞成各种音标文字的运动，我始终希望音标文字在那辽远的将来能够替代了那方块的汉字，做中国四万万人的教育工具和文学工具。"对中国文字的改革，胡适一直关心。在谈到中国固有文化的优劣时，他说："依我的愚见，我们的固有文化有三点是可以在世界上占数一数二的地位的：第一是我们的语言的'文法'是全世界最容易最合理的……文法是最合理的简易的，可是文字的形体太繁难，太不合理了。"二十世纪五十年代初，在美国纽约做寓公的胡适，对新政权的文字改革工作密切关注，据他的学生、历史学家唐德刚说，大陆的文字改革方案一出台，他会马上找来细看，一边看，一边称赞。对中国文字的忧虑，是胡适对中国文化的深情关切，它说明，一个具有国际意识的学者开始有的放矢地拆除横躺在中国文化与世界文化之间的障碍。他对文字的复杂心态，就能理解他对书法的复杂心态。

胡适不能以书法家称之。他的墨宝有人文价值，却没有艺术属性。他用毛笔写的字是名人字，而不是有历史传统的文人字。董桥言其"是娟秀的东坡体，少了雄浑多了清畅"，耸人听闻了。

胡适与苏轼的书法，是两股道上跑的车，不能等量齐观。董桥定位苏东坡书法为"娟秀"，乃根本之误解。苏东坡五言古诗《和子由论书》云："吾虽不善书，晓书莫如我。苟能通其意，常谓不可学。貌妍容有矉，璧美何妨椭。端庄杂流丽，刚健含婀娜……""刚健含婀娜"，几成后人解读苏东坡书法的美学基础。苏东坡是中国文化史中杰出的代表，诗文书画俱佳。苏东坡对颜真卿情有独钟，又上溯"二王"，于书法学习、创作，甚至是理论探知，有着系统的规划，明确的追求，因此形成了自己独到的用笔方式和"刚健含婀娜"的艺术风格。以"娟秀"言之，乃有盲人摸象之虞。

董桥与胡适有相同之处，在国外呆得时间有点久。人的大脑是有限度的，拉丁文字挤占多了，中国的方块字就要模糊。胡适、董桥如此，季羡林、钱锺书、吴宓、曹禺亦然。董桥的文章有意境，有识见，有情感，是学人之文，是智者之文。正如他说："我要求自己的散文，可以进入西方，走出来；再进入中国，再走出来；再入……总之我要叫自己完全掌握得到才停止，这样我才有自己的风格。"

董桥谈字，也有自己的"风格"，但是，依循写散文的感受"可以进入西方，走出来；再进入中国，再走出来"，显然要出问题。董桥喜欢楷书，张充和殷隽永的字，是董桥致命的诱惑。在《张秀本色》一文里，董桥表达了自己书法审美的取向："书法我一生偏爱楷书行书，尤其小楷书小行书，真本领，真性情……小时候家中大人天天叮嘱写字一笔一画有头有尾才富泰，才长寿：字无福相，人无福气。我从来信，老了还信，不写难认的蓬头草字，一见俞平伯沈尹默张充和眉清目秀的小楷忍不住都想要。"

因此，他极其排斥草书："草书笔走龙蛇，都造作、都矫情，摆出假名士潇洒的样子其实满肚子是机关是密圈。"为什么这样呢？董桥道出心声："草书难读，世人不懂，不合时宜。

乔旸前几天从上海给我寄来新印祝允明《草书杜甫秋兴八首卷》，认识的几个字确实好看，不认识的那些字也懒得费神核对原诗了。"

不认识草书，是他不喜欢草书的理由。正如同读不了英文的人，面前摆一本英文版的善本书，也不会动情。应该说，草书是中国书法的代表书体，笔法、字法、墨法，气韵、神采、格调，要求极高，绝对是书法家的真本领、真性情。同时，对欣赏者也提出了专业的要求，即，要懂书法史，要懂草书代表性书法家和作品，最好还要有临帖的实践。草书的学习、领悟、判断，是需要时间积淀的。这一点很像是对交响乐、京剧和昆曲的欣赏，如果我们不明白演奏的曲目，不明白唱腔，不明白角色的特点，对演员也一问三不知，自然不会找到一条平坦的审美途径。看来，董桥对草书的拒绝，真如他所讲"也懒得费神"。这是董桥自己的事情，我们需要尊重。然而，他说"草书笔走龙蛇，都造作、都矫情，摆出假名士潇洒的样子其实满肚子是机关是密圈""草书难读，世人不懂，不合时宜"，大大露怯了，让我们看到当代才子不"才"的一面。

"勿将这一点轻轻看过"

　　每年都要读一两种梁启超的著作。似乎不去梁启超的文字中沉潜，脑袋就会空泛起来了，目光也会浑浊。在思想上对梁启超的依赖由来已久。

　　一九二〇年，梁启超为好友蒋方震《欧洲文艺复兴与时代史》作序，恣意发挥，弹今抚古，居然写了五万余字，后又单独成书，一时传为美谈。这本书就是《清代学术概论》。学界认为，这部书是清代学术发展的一部纲要，而后写就的《中国近三百年学术史》则是具有独特思想洞见和学理价值的专著。

　　有关这部书的意义，方家论述广深，恕不赘述。不过，此书字里行间淡淡映现的谦辞引起了我的注意，进而引起我的思考。其实，这些谦辞早些年过目了，只是今天格外耀眼。究其原因，恐怕是当下学人的若干问题触动了我的内心，自然有话可说。

《中国近三百年学术史》第六章"清代经学之建设"，梁启超介绍了顾亭林、阎百诗等人的学术成果。论述顾亭林时，梁启超说："我生平最敬慕亭林先生为人，想用一篇短传传写他的面影，自愧才力薄弱，写不出来。"梁启超不是"才力薄弱"之人，为什么认为自己"写不出来"呢？后面的话让我恍然大悟了："但我深信他不但是经师，而且是人师。我以为现代青年，很应该用点功夫，多参阅些资料，以看出他的全人格。"

是的，试图写出顾亭林的"全人格"，固然不易。

第七章"两畸儒"，梁启超把王船山和朱舜水写得绘声绘色。分析王船山时，他说："欲知船山哲学的全系统，非把他的著作全部仔细细绎后，不能见出。可惜，我未曾用这种苦功，而且这部小讲义中也难多讲。"他把王船山哲学归纳为五条：一、他认"生理体"为实用；二、认宇宙本体和生

梁启超墨迹

理体合一；三、这个实体即人人能思虑之心；四、这种实论体，建设在知识论的基础之上。其所以能成立者，因为有超出见闻习气的"真知"在；五、见闻的"知"，也可以辅助"真知"，与之骈进。

梁启超对王船山哲学归纳得是否全面，姑且不论，他的"我未曾用这种苦功"，道出了他对王船山哲学的认知态度。学无止境，对任何学说和学者来说，把自己的研究看成是最后的归宿，显然是痴人说梦。可是，这种痴人说梦在当下学界比比皆是。

《清代学术概论》是《欧洲文艺复兴与时代史》的序言。有意思的是，这篇序言出版单行本时，蒋方震也作了一篇序言。蒋方震说，梁此书的功力深厚，论辩超群，具有启蒙意义；一方面又提出了晚清科技意识不浓，致用学风不够，"人欲"自由没有发挥的空间以及西方文化难以在中国确立等问题。蒋方震的序言，得到了梁启超的重视，写《中国近三百年学术史》，他对颜习斋、李恕谷的实践实用主义思想进行了深入的剖析，对科学学者一往情深。第十一章"科学之曙光"，梁启超表现了中国学人的无奈——"做中国学术史，最令我们惭愧的是，科学史料异常贫乏。"于是，他悉心研究王寅旭、梅定九、陈资斋，他说："求中国历算学之独立者，则自王寅旭、梅定九始。"作为人文学者，梁启超看到了自己研讨科学史的局限，坦言道，"我在这里讲王、梅学术，自己觉得很惭愧，因为我是一个门外汉，实在不配讲。以上所列许多书目，我连极简单的提要也作不出来，内中偶凑几句，恐怕也是外行话。"

当下有些学者怎么会像梁启超一样直言？即使真的"连极简单的提要也作不出来"，还要不懂装懂，使"致仕"为"做官"一类的笑话接二连三地出现。

第十二章"清初学海波澜余录"，介绍了十余位"瑰奇之士"。其中包括方以智、陈乾初、潘用微、毛西河、朱彝尊、钱谦益、吕晚村、戴南山等人。在梁启超看来，这些人"不相谋，不相袭，而各各有所创获"。方以智的《通雅》计五十二卷，考证名物、象数、训诂、音声。梁启超对此书评价较高，他说："密之（以智）所造的新字母，乃斟酌古韵、华严字母、神珙谱、邵子衍、沈韵、唐韵、徽州所传朱子谱、中原音韵、洪武正韵、郝京山谱、金尼阁谱而成。分为三十六韵十六摄而统以六余声，自为《旋韵图》表之。具见《通雅》卷五十切声原中。可惜我于此学毫无研究，不惟不会批评，并且不会摘要。有志斯道者请看原书。"

我们很少有这种胸怀了。传媒时代，似乎人人都是通才，那些在电视屏幕牵强附会谈古论今的人，所闹出的笑话，连小孩子都看出来，他们依旧恬不知耻地作精英状，作学究状。悲夫！

梁启超说："治科学史能使人虚心，能使人静气，能使人忍耐努力，能使人忠实不欺。"这番话，我看出了一位学人的风范。而他对顾亭林的评价，则让我体会到一位思想者不向恶俗势力妥协的坚定态度——"至于他的感化力所以能历久常新者，不徒在其学术之渊粹，而尤在其人格之崇伟。我深盼研究亭林的人，勿将这一点轻轻看过。"

"赤子孤独了，会创造一个世界"

　　二〇一三年十月二十七日的上午，我们在上海浦东的海港陵园，举行傅雷、朱梅馥骨灰安葬仪式。墓地位于陵园人工河的河岸，靠河的地方，新建了"疾风迅雨亭"，亭的名字源于傅雷的斋号"疾风迅雨楼"。我在一旁看着"疾风迅雨亭"，挺拔的立柱，流畅的线条，倔强的亭檐，分明就是傅雷与朱梅馥人格的化身。墓碑用红布覆盖，花圈围在墓穴的周围，我们拿着一枝玫瑰，等待傅雷与朱梅馥的到来。上午九时三十分，傅聪与傅敏护送傅雷、朱梅馥的骨灰出现在墓地。一位身着黑色西装的青年，撑一把伞，遮挡光芒。三个人走到墓穴旁的桌案前，把骨灰轻轻地放在上面。

　　傅聪把父母的骨灰放下，眼睑低垂。他穿一件中式的黑色礼服，身材中等，头发花白，大耳垂轮，步履轻缓，脸上布满岁月的痕迹，是一位典型的老人形象。傅敏比哥哥显得年轻，他不离傅聪左右，照顾着哥哥的行动。与傅敏先生熟悉，敏捷的思维，干练的举止，痛苦的回忆，让我多次领略到一位知识分子的智慧和悲伤。

一九六六年，我三岁。这一年，一位叫傅雷的先生和一位叫朱梅馥的女士毅然决然地离开了一个动荡的世界。两位优雅、高贵的中年人，以悲剧的形式离开了他们心爱的儿子傅聪和傅敏，离开了他们典雅的译文，丰富的藏画，还有那么多温暖的家书。

三岁的我，当然不知道上海，也不会知道傅雷和朱梅馥，更不会知道长大成人后，如此强烈地热爱傅雷，以及傅雷留下的译文、家书、手札、文章。对傅雷的每一次阅读，我都会想到一九六六年，这个狰狞的年份，为什么如此恶毒地剥夺了傅雷与朱梅馥的生命？

终于能够独立思考了，我明白了一九六六年的颜色，这是黑暗，是耻辱，是中国人长期的疼痛。这一年，离开我们的不仅仅是傅雷、朱梅馥，与他们一同走向不归路的还有许许多多的知识精英。在那个时代，他们别无选择。

今年，傅雷一百零五岁了，朱梅馥一百岁了，如果他们活着，我们就用不着把"和谐"二字挂在嘴边，傅雷的趣味，朱梅馥的微笑，足以照亮我们的生活。事实是他们走了，他们的走，依旧让我内心不能安宁，依旧促使我思考某些尖锐的问题，依旧让我想念傅雷，直追导致傅雷、朱梅馥悲剧的根源。

　　时光倒流。眼前的傅聪已经是七十九岁的老人。他的身边有一位高个子中年人，无需多问，一定是傅凌霄。这是傅雷没有见过面的孙子，对这位长孙，傅雷非常惦念，他为这个孩子起名傅凌霄。傅凌霄没有与伟大的祖父傅雷相拥而泣，今天，他看见祖父与祖母的骨灰一同回到属于他们的家，他低着头，他的心一定很难过。我是读《约翰·克里斯朵夫》时，知道傅雷的。那时，我仅知道傅雷是翻译家，冤死于"文革"。后来，读《傅雷家书》，才知道傅雷和朱梅馥之死是多么的不应该，是国家之耻，是民族之殇。也是在这本书里，知道了傅雷上进的儿子傅聪。二十世纪八十年代，是启蒙的年代，是反思的年代，是学习的年代，我们把傅雷和傅聪视为精神的楷模。傅聪，多么英俊的青年啊，漆黑的眼睛，爽朗的笑容，潇洒的风度，横溢的才华，无疑是我们这一代的偶像。

　　也许是当了父亲的缘故，我的心开始向傅雷靠拢。对傅雷的阅读，已不限于他的译文和他著名的家书，随笔、书札、艺术评论，甚至他的墨迹，一并成为我精神世界极为重要的一部分。在纪念傅雷诞辰一百零五周年，朱梅馥诞辰一百周年的座谈会上，我说，傅雷是需要发现的，在研究中发现，在发现中研究，我们会看清傅雷真实的一生。持久、散漫地阅读，我看到作为翻译家的傅雷，还有一副传统的笔墨，用毛笔写文言，也是傅雷所长。如果说效率与直率，坦诚与天真的性格，是西方文学的养成，那么，优雅与敦厚，清高与决绝，一定是传统知识分子与生俱来的品质。最近的阅读，我们还发现，傅雷是"公知"，他敢于为民请命，即使背负"右派"之名，仍然发出"勿先持有企业单位比一切都重要之成见"，为民权张目。

贝多芬命运交响曲在墓地起伏，傅聪与傅敏把父母的骨灰放入墓穴，他们又把第一捧土撒在棺木上。鲜花覆盖了傅雷与朱梅馥另外一个家，他们心痛，他们安息。覆盖在墓碑上的红布揭开了，灰色的墓碑，有一行黑色的字迹，这是傅雷的手迹，书写着傅雷当年写给傅聪的一句话："赤子孤独了，会创造一个世界。"

我站在一旁，眼泪夺眶而出。没有理由，只有感受，没有条件，只有哀伤。是的，赤子孤独了，会创造一个世界。他们以自己的方式，即以不甘屈辱、不甘背叛、不甘堕落的方式，去创造另外一个世界了。这是一个无形的世界，是高洁的世界，是值得敬仰的世界，是让我们向往的世界。

伴随着傅雷喜欢的乐曲，傅敏代表家人，在父母的墓前说了几句意味深长的话：

> 爸爸、妈妈，四十七年前，你们无可奈何地、悲壮地、痛苦地、无限悲愤地离开了这个世界，离开了我们，离开了你们无限热爱的这块土地，以及这块土地成长起来的文化事业。但是，你们的心一直活在我们的心里，我们永远怀念你们。你们一生的所作所为，你们那颗纯净的赤子之心，永远激励着我们。一

定要努力，把产生这个悲剧的根源铲除掉。爸爸、妈妈，你们在这里安息吧。

我一字字听着，听着傅敏发自内心的独白，傅敏是对父母所言，何尝不是对这个世界所言。振聋发聩的独白，一定是我们灵魂的清醒剂。

乐曲萦绕，白云飘飘。我捧着一枝殷红的玫瑰，走向傅雷、朱梅馥的墓碑，我把玫瑰轻轻放到墓前，深深鞠躬。赤子孤独了，会创造一个世界。你们的世界，就是我们的世界。

胡适为什么不谈书法

披览胡适文存，发现这位无所不谈的饱学之士独独不谈书法。是因为字写得不好吗？显然不是。在他留下的大量手稿墨迹里，我们一眼就能看出来，胡适受过严格的传统文化训练，在中国浩瀚的古籍里进出自如，当然对笔墨纸砚有着别样的情怀。孰不知，辛亥革命前夕，诸多知识分子纷纷剃发，以示向旧时代告别时，在上海中国公学读书的胡适一直留着小辫子，他聪颖的眼神和之乎者也的读书声并没有引起革命的同学们不满，他们甚至觉得这个小他们许多的胡适留在书斋里的作用远远大于上战场。是不愿意"以虫篆小技见宠于时"吗？也不是。李敖的《胡适评传》记载，这位对传统文化怀着前所未有的批判意识的人，没有轻视书法带给一个名人的种种好处，像

胡适行书条幅

行为艺术式的题字表演，胡适并不拒绝。一九五二年十二月二十六日，胡适到台湾省台南市永福国民学校参观，此时的胡适非同寻常，论学问，他写的《中国古代哲学史》让学术界耳目一新，他倡导的白话文运动，掀起了一场具有划时代意义的文学革命，他追随杜威，使他获得了一言难尽的国际声望。论地位，他先后担任了北京大学校长，国民政府驻美国大使，是一位红得发紫的新闻人物。此类大腕到任何一方都会引起轩然大波的，何况到了小小的台南。繁琐的欢迎仪式少不了题字，在市长的陪同下，他走向桌案，提起笔，略加沉思，蘸墨书写，少顷，"维桑与梓"四个字跃然纸上。当他蘸墨继续挥毫时，一滴墨落在纸上。一人执刀，裁去那个多余的一点，试图丢掉时，周围的人"嘘"了一声，那人很敏感，忙把胡适不经意留下的

"一点"小心翼翼地收起来了。这一幕，胡适看到了，写字的兴致大涨，又写了"游子归来"四个字，并签名无数。三天以后，胡适在台东参观女中童军观摩会，应校长之邀，饶有兴趣地写下了"一个人的最大责任是把自己这块料铸造成器"的条幅。由此可见，是领导又是名人的胡适太熟悉中国文化映照下的题字题词的意义与价值了。

胡适说，读书而不写书是一种逃避责任。那么，他写字却不谈字是不是逃避责任呢？有人说胡适不懂书法，此话令人诧异。一八九五年，才满三岁零几个月的胡适就进学堂读书了，进学堂前，他已经认识了一千个字。在学堂，他系统学习了"十三经"，并日日临池不辍，打下了雄厚的国学基础。名士大儒不能没有一手漂亮的字来打扮，在传统的教育体系里，书法是所有读书人不敢轻视的日课。任你有多大的志向，如果缺少书法的修养，一切梦想都难以实现。这一点胡适极其清楚。遗憾的是，懂得这一点的胡适就是不谈书法。

为什么？时代和个人生存际遇的变化，使他没有时间和可能对书法说三道四。从上海的中国公学，胡适考取第二次庚子赔款赴美留学的名额，在异国他乡，他接触了新的价值观念和新的文明，它包括政治的、科学的、哲学的、文学的，等等，使胡适眼界大开，并开始深刻反思中国几千年历史文化的优劣。去国数载，胡适不仅没有兴趣谈书法，就连给他带来无尚荣耀的中国字，也以怀疑的目光去审视了。在美国，还没等哥伦比亚大学的博士学位拿到手，他就匆匆归国，赴北京大学教授的职位，开始以学贯中西的头脑，来推动新文化运动了。果然出手不凡，几篇文章，几首新诗，就塑造出一个别出心裁的大师来了。这位有历史癖的大师说："但我相信，汉字实在是很难学的教育工具，所以我始终赞成各种音标文字的运动，我始终希望音标文字在那辽远的将来能够替代了那方块的汉字，做中国四万万人的教育工具和文学工具。"对中国文字的改革，胡适一直关心。在谈到中国固有文化的优劣时，他说："依我的愚见，我们的固有文化有三点是可以在世界上占数一数二的地位的：第一是我们的语言的'文法'是全世界最容易最合理的。……文法是最合理的简易的，可是文字的形体太繁难，太不合理了。"二十世纪五十年代初，在美国纽约做寓公的胡适，对新政权的文字改革工作密切关注，据他的学生、历史学家唐德刚说，大陆的文字改革方案一出台，他会马上找来细看，一边看，一边称赞。对中国文字的忧虑，是胡适对中国文化的深情关切，它说明，一个具有国际意识的学者开始有的放矢地拆除横躺在中国文化与世界文化之间的障碍。他对文字的复杂心态，就能理解他对书法的复杂心态。从思想家的角度，他不可能对书法津津乐道，更何况在儒家的眼里书法是末技小道。从学者的角度，他可能与朋友雅集，以字会友。从官员的角度，他会游刃有余地在公众面前写字题词，媚俗或者向选民取悦。胡适有一副好脾气，是多面孔，深谙君子之交不出恶言的古训，因此，对书法，他不说好，也不说坏。

　　另外，社会活动和学术研究挤占了他的大部分时间，有所取，就必须有所弃。二三十年代的胡适意气风发，忙于商榷争辩、著书立说，无暇他顾。四十年代他当大使，国难当头，为争取美国更多的援助，他在华盛顿奔走呼号，演说、写作、拜访总统、会见各路豪杰，他哪有心思在书斋里写字遣兴，更没有时间像康有为一样革命、写作两不误，写一本《广艺舟双辑》。五十年代闲居美国，靠注释"十三经"消磨时间，也不见有多少墨迹流落民间。也许是缺少写字作书的外部环境吧，没有知音，在一个英语国度里，毛笔该有多么的沉重。去台湾后，胡适再度成了半个政治人，写字题词的机会骤然增多，研究书法的时间没有了，直到一九六二年撒手人寰，也不见有片言只语谈论书法。

　　书法和书学是我国独有的人文景观，以史学、文字学、文学、哲学、美学、考古学等研究见长的人，对书法似乎都能够做专业性质的发言，甚至他们也乐于作这方面的发言。书法是中国传统知识分子的技能、修养，书学在中国传统哲学的影响下，以自身独特的理论样式和结构完善了我国古代的审美思想体系，为中国哲学找到了一种客观、形象的表现形式，因此，在相当长的时间里，书法和书学得到了中国学者的普遍重视。胡适学识广博，治学范围广及文史哲诸科，又精通训诂考据之学，是一位百科全书式的学者，从他涉足的领域，他有足够的理由和能力在书学上俯瞰一番，以他犀利的洞察力和渊博的学识为现当代书学做一点开创性的研究，如同他在诗歌创作领域一样。可是，写了一辈子文章、讲了一辈子话的胡老先生没有把书法当一回事。试图找到一个准确的答案显然是徒劳的，正如同我们洞释胡适的灵魂一样艰难。但是，胡适对传统文化的认识值得我们注意。胡适认为，中国的旧文化的惰性实在可怕，往前看的人们，应该虚心接受科学的世界文化和它背后的精神文明，让那个世界文化和我们的老文化自由接触，借它的朝气锐气来打掉我们老文化的惰性和暮气。这时候的胡适非常清醒，他不妄自菲薄，而是对传统文化予以科学的认知。他相信，我们的老文化里真有无价之宝，经得起外来势力的洗涤冲击的，那一部分不可磨灭的文化将来自然会因这一番科学文化的淘洗而格外发扬光大的。作为一个时代的启蒙者，他肯定与其他学者有所不同，不谈书法也是情理之中的事。

看看"巡回展览画派"

为了两位画家的展览，我在一年的时间内三赴圣彼得堡，累计居住达四十五天之久，到列宾美术学院考察，拜访画家，去诗人艾赫玛托娃的故居参观，在普希金咖啡馆回眸往事……

最难忘的还是去冬宫埃尔米塔什博物馆和俄罗斯国家博物馆看画，尤其是俄罗斯"巡回展览画派"的作品，那种感觉与冲动，那种思考与追问，那种气势与表现，觉得陌生，觉得沉重，觉得富含生命与时间的力量。

十九世纪中叶，俄罗斯的文学艺术成为一片森林，我们则是飞鸟，自然被其间的林涛、雨雪、狼嚎、鹿鸣所吸引。一八六三年十一月九日，皇家美术学院，也就是今天的列宾美术学院学生与校方产生了无法调和的冲突。克拉姆斯科依向学校提出申请，一部分学生将依据自己的性格和兴趣进行美术创作，要求学校颁发美术家文凭。学校拒绝了克拉姆斯科依等人的请求，结果出乎校方的意外，十四名皇家美术学院的学生，与学校公开决裂，他们坚持自己的主张，毫不妥协，最后被学校开除。以科拉姆斯科依为首的十四名学生离开了学校，他们向僵化的学院式教学思想挑战，他们提出美术创作与现实生活紧密结合，强调美术作品的历史思考和现实意义。一八六八年的冬天，画家马沙耶多夫提议成立"俄罗斯美术家巡回展览协会"，目的是打破皇室与贵族对美术创作的工具化要求，把新创作的美术作品送到外省展览，让更多的民众有机会看到民族化、生活化的美术作品。克拉姆斯科依等十四位青年美术家，响应马沙耶多夫提议，两年后，经过精心筹备的"巡回艺术展览协会"正式成立。

车尔尼雪夫斯基提出"美就是生活"，这种直截了当的独白，启发了这批叛逆画家。一八七一年十一月二十七日，"巡回展览画派"的首展在彼得堡拉开序幕。我们熟悉的画家和作品出现在美术馆，比如克拉姆斯科依的《无名女郎》，彼罗夫的《猎人小憩》，萨符拉索夫的《白嘴鸦飞来了》，盖依的《彼得大帝审询王子阿历克赛》，希施金的《松树的早晨》等四十六件独具特色的作品精彩亮相。二〇一三年的秋天，我在莫斯科特列恰科夫画廊再一次看到了《无名女郎》。我敢说，克拉姆斯科依的《无名女郎》，其高贵的气质，还有那沉郁的目光，以及模糊的街道和精雕细刻的马车，嵌入了无数中国人的记忆。她的知名度甚至超过了许许多多的娱乐明星。我爱这幅作品。三次到特列恰科夫画廊，都要在她的面前站上很长的时间。盖依的《彼得大帝审询王子阿历克赛》让我的内心抽搐，画面上，彼得大帝的凌厉，阿历克赛的坚韧，很容易嗅到一段历史的气息。改革，新旧交替，保守还是开放，对峙，杀戮，彼得大帝当然成为胜者。可是我愿意猜想王子阿历克赛的心路历程，忧郁的气质，不乏理想主义的光芒，对固有的守望，让他与强权面对，直到死亡降临。看着这位近乎偏执的王位继承人，我很中国式地想，作为王子，他为何不学习中国的王子，把内心掩饰起来，不引起父王的注意？在俄罗斯国家博物馆，我看到了这幅作品，其中的故事，引起我对历史与当下的些许思考。彼得大帝和阿历克赛，都值得同情。我想有机会，为这幅画写一篇长文。彼得夫的《猎人小憩》很像一首小夜曲，优美、俏皮，富含生活的质感。三位猎人回味着捕杀猎物时的微妙时刻，夸张的表情，愉快的笑声，舒心的感受，以及横陈的猎枪与猎物，从中看到了俄罗斯人生活的一个乐章。彼罗夫以对现实生活中人的热血和人的生活的描写，嘲弄了宫廷中"高大上"人物肖像的装腔作势，讽刺了统治者对历史的歪曲，对自身形象的无耻拔高和美化。

　　一八七一年十一月二十七日之后，"巡回艺术展览协会"每年都要举办一次巡展，新创作的美术作品，带着一股清新的气息和精神倾向，受到莫斯科、基辅、哈尔科夫、敖德萨、喀山等地观众的喜爱。"巡回展览画派"主张题材的多样性，重视历史题材的美术创作，在历史事件和历史人物的身上，寄托民主思想和人性关怀。对于肖像画，注重人物性格的塑造和内心矛盾的展现，赞美生命的力量，歌颂底层人民的坚强和善良。"巡回展览画派"对美术技法也有新的要求，对光与色有自己的理解，向往诗意，汲取印象主义的长处，丰富民族美术的创作手法。

　　"巡回展览画派"自一八七〇年开始，在俄罗斯画坛活跃了五十三年。"巡回展览画派"行进到中期，也就是十九世纪七十至八十年代，声名鹊起，影响广泛，成为俄罗斯专业美术机构的翘楚。这时候，在俄罗斯美术史光彩照人的列宾、苏里科夫、瓦斯涅佐夫、雅罗申科等人，成为"巡回展览画派"的中坚力量。在俄罗斯国家博物馆，我有幸看到了列宾的《伏尔加河的纤夫》，画幅没有想象的大，如果依中国的习惯衡量，这幅画的尺幅应该与一张六尺整开的宣纸幅度相近。画幅不大，感染性强，那几位表情各异的纤夫，能够让我们的联想变得奇特，变得丰富。列宾的另外一幅作品《意外的归来》是一幅使人心情沉重的作品，容易读懂，却不想读懂。一名思想犯，或者与这样的罪行靠近的读书人，被囚禁了漫长的时间，他突然出现在家中，引来孩子们惊诧和疑虑的目光。这种心态，这种遭遇，这种悬念，每一个人都不愿意经历，可是，它偏偏出现在我们的现实生活中。列宾的思考具有普世价值，他把自己的思考与现实结合，进一步形象化，美学力量自然强大。苏里科夫在"巡回展览画派"成立之初还是二十三岁的青年，一八八一年，他参加"巡回展览画派"，以卓越的美术才能，展现了俄罗斯悲壮的改革进程，凝重的悲剧氛围，对历史人物内心世界的审视，超乎寻常。他研究了彼得大帝，对当年的改革表现出十足的热情，所创作的历史三部曲《近卫军临刑的早晨》《女贵族莫洛托娃》《缅希柯夫在别留夫镇》，以其对历史的深入解读，对彼得大帝改革事业的拥护，成为世界美术长廊中的杰作。这三幅作品，我喜爱《缅希柯夫在别留夫镇》。也许对那段改革的历程有着或多或少的了解，也许对缅希柯夫这个人保持研究的兴趣，在苏里科夫所塑造的人物形象里，我看到了当年的改革者如何以生命为代价，推动历史进步，他与彼得大帝一道隐姓埋名，去德国学习造船技术，向欧洲先进的生产力致敬。彼得大帝死后，改革停滞，缅希柯夫被无情流放。他与一家人被迫离开彼得堡，去别留夫镇度过残生。

　　这是苏里科夫心中的俄罗斯历史，这是苏里科夫心中的俄罗斯人。作为画家，他需要这样的责任意识和社会担当，他敢于把历史中的进步力量不断放大，也敢于对统治阶层的无端杀戮表达自己清醒的认知。

　　面对《缅希柯夫在别留夫镇》的心情极其复杂。同行的画家朋友愿意谈论这幅作品的技巧，我却在缅希柯夫忧患的表情里，在三个美丽女儿淡定的情绪中，看到了时间深处文明与愚昧的巨大冲突，看到了俄罗斯一段泥泞的历史。

　　画笔沉重，俄罗斯画家的画笔尤甚。

张说价值观的现代意义

　　唐开元十三年，即公元七二五年，在官场、文坛踌躇满志的张说，被唐玄宗任命为集贤殿学院知院士，主持工作。此前，唐玄宗与众学士官员雅集，以"仙者，凭虚之论"，"贤者，济理之具"，将"集仙殿"更名为"集贤殿"，将丽正学院更名为集贤殿学院。学士十八人，再加上张说这位"领导"，共计十九人。唐玄宗此举，看似偶然为之，其实彰显了这位政治家的远见卓识。

　　开元十三年四月五日，张说上任，唐玄宗还赐宴赋诗。在庆祝集贤殿和丽正学院成立的宴会上，十八位学士请张说先饮，表明他的领袖地位。然而，张说没有先饮。他停顿片刻说，高宗时有十八九位学士修史，国舅长孙太尉也在其间，当时，也有这么一个场面，长孙太尉表示，自己不能居先，位居九品的人也不能居后，他要求大家共饮。张说讲话，大家洗耳恭听。张说继续说，武则天长安年间修撰《三教珠英》，修撰学士的地位高低不等，不过，站立时，彼此前后位置不以官职品秩为序。最后，张说强调：学士之礼，以道义相高，不以官班为前后。说完，他要求并列摆好十九杯酒，众学士共饮。

这一年，张说五十八岁，再过五年，张说辞世。

向历史深处张望，我们总会觉得过去的时空辽阔、漫漶，若隐若现的人物与事件，谜一样诱惑着我们。张说的"学士之礼，以道义相高，不以官班为前后"的话语，却如一道耀眼的闪电，让我们的心头为之一亮。

本来，近一千三百年前的过去，"以道义相高"并不是一件容易事，"不以官班为前后"似乎也不合礼数。但是，张说说到做到，把难得一见的文人情怀，巧妙平移到皇权视线内的礼仪之中，足见他的文人情思之重，文人感觉之浓。其实，他的真正身份是当朝宰相，足够的权力，绝对的影响，本该"世故"得很，对学士们施以微笑，或写一张条幅，撰一篇短序，便是平易近人的师表了。可是，他偏偏不这样，为表示自己依旧是读书人，还引经据典，以长孙太尉和修撰《三教珠英》时的风气为凭，把同饮庆功酒当成了一件有道德传承的平常事。为此，张说有了历史的光辉，有了启示后人的资格。

"学士之礼，以道义相高，不以官班为前后"的价值观实现起来自然不容易，封建社会的等级制度和以官本位为核心的分配原则，把鲜活的现实基本格式化、常态化、固定化。上下、前后、左右、大小、轻重、美丑，在格式化中泾渭分明，我们在其中沉潜、奋争，人鬼情未了，一生一世。

值得深思的是，铁板一块的封建政治，并没有完全窒息读书人的生命精神，那些学而优则仕的人，即使担任了朝廷要职，也没有忘记夹在经史子集中重人崇文的思想。因此，张说在集贤殿学院庆典中的行为举止，被我们温暖地记着。

张说与学士们共饮的佳话不是作秀。时诗人贺知章荣升礼部侍郎，又兼任集贤殿学院学士，可谓锦上添花。同僚源乾曜与张说的一番话，再一次让我们看到张说内心的倾向。

源乾曜说："贺公久负盛名，今日同时宣布两份任命，足为学者光耀。学士与侍郎，您以为何者为美？"

张说回答："本朝礼部侍郎负责人才选拔，如果不是名望与实才兼备，无从担任此职。但即便如此，礼部侍郎也始终是一名官吏，并不为得贤之人所仰慕；而学士怀先王之道，为缙绅轨仪，蕴扬、班之词彩，兼游、夏之文学，始可处之无愧。二美之中，此为最矣。"

礼部侍郎为四品朝廷命官，不折不扣的高干，但在张说的眼睛里，这等官职，比不上集贤殿的学士。十足的重知识，轻权力。

此时与彼时区别挺大。不管是学界、科技界、文学艺术界，总之，只要不在级别的范畴内，在四品官面前很难抬得起头。如果是公务会议，或者是参观巡视，或者是合影留念、宾朋宴会，张说、贺知章一样的人一定要处于中心位置，第一个喝酒，第一个说话，第一个哈哈大笑……

　　体制设置，社会管理，是复杂的系统工程。我们推动的改革开放，就是希望共处的社会环境多一些理性的雨露，希望人性化的光芒照耀大地，让人与人之间微笑面对、平等相处。

诗人画画

　　一九八九年，在鲁迅文学院，第一次见到了宗鄂先生。宗鄂高高的个子，儒雅而谦和。这时候的宗鄂已是饮誉文坛的著名诗人，在鲁迅文学院杂乱的院子里走来走去，没有高谈阔论，也没有趾高气扬，如同一位仁厚的大哥，来了，又走了。

　　这时候我不知道宗鄂画画。八十年代是文学时代，诗人才是年轻人心目中的精神偶像，诗歌才有可能消解人们的焦虑。宗鄂发表了大量的诗歌作品，也出版了诗集。我记得宗鄂的诗歌，基于传统，又吸取现代诗歌的表现手法，瑰丽而深邃，抒发了诗人内心的痛楚和渴望。

　　应该说，我是宗鄂的"粉丝"。他发表在文学期刊上的诗歌作品我基本阅读了，甚至宗鄂所写的关于诗歌的随笔，也读得津津有味。诗人宗鄂，就这样在我的心中耸立着。

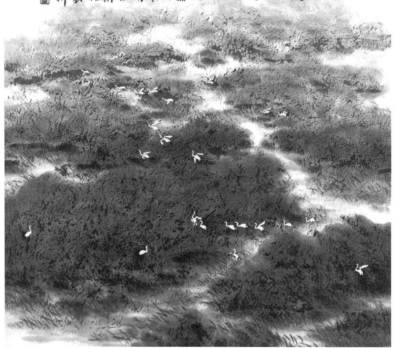

宗鄂国画《秋天的火焰》

可惜，在一九八九年的鲁迅文学院，我与宗鄂的接触有限，对于他的生活历程和内心世界依旧陌生。我心中的宗鄂，就是写诗的宗鄂。

二十多年的时间倏忽而逝，每一个人都在这一段漫长的时间里"潮涨潮落"，其中自然包括宗鄂，也包括我。

不记得确切的时间了，我在一本文学杂志的封二和封三，看到署名宗鄂的画作。我不敢确定此宗鄂是否为诗人宗鄂。当我得到准确的回答时，我惊呆了，诗人宗鄂，竟然有一副如此精湛的笔墨。于是，我再一次开始注意宗鄂——诗人、画家集于一身的宗鄂。

在一段不短的时间里，我开始关注文人书画。我当然知道，中国艺术史中的文人书画，与今天的文人书画发生了本质的区别。历史深处的文人书画注重"道"，而当下文人书画仅言"趣"，以那种颇具时代特征的自信心，在洁白的宣纸上留下的粗俗的线条、形象，并以"玩玩"注释之。我很失望，对当下文人的浅陋失望。

宗鄂的画让我的眼睛为之一亮。在那本文学杂志上看到宗鄂的画之后，我就像一个孤独飞翔的小鸟，时时注意宗鄂，关于他的诗、他的画。

以我对当代中国画的理解，宗鄂的画是文人画，是真正的文人画。时人论画，对文人画多有误解。他们仅从这一词语的外延出发，把文人画定位成文人画的画。错了。文人画是一个饱满的概念，它在强调绘画的传统功力时，更看重文人这支画笔所承载的道义、思想，人格、品质。宗鄂是诗人，他在诗歌里顽强追问人的意义，思考生命最后的归宿。在画中，宗鄂的诗人情怀，与笔触、色彩、形象、结构融于一体，赋予画作更多的感喟，更多的寓意。

对于画，得苏东坡的启迪，喜欢在"形"与"神"，"理"与"意"的层面上讨论，因此，对于宗鄂的画，也自然愿意从这四个字中体悟高下。宗鄂受过美术专业训练，这样的经历，使他不能在草率的涂抹中得到满足。尽管他是著名诗人，他不愿意依靠诗人的名声修饰自己的画作。相反，他沉浸在艺术的想象里，激活美术训练时的笔墨积淀，"托物寓性"，尽可能地将诗人的"情致"投射和融化到完美的绘画图像之中。

宗鄂花鸟、山水兼能。作为当代有代表性的文人画家，宗鄂熟练驾驭枯木竹石、寒林小景一类似乎很"文人"的绘画题材，但是，他更能驾驭全景花鸟、全景山水之类以造型技能见长的绘画题材。宗鄂的绘画技能，既体现在线条的表现力，也体现在对于复杂物象的把握。宗鄂画画，从一开始就被诗意规定，并影响到他对一幅画的最后完成。就山水画而言，宗鄂十分小心。他在确定一幅山水画的形象基调时，自始至终营造着诗的气氛。比如具象的房子、人物，比如具象的河流、雾岚，比如具象的青山、小路，比如具象的天空、飞鸟，从来不会孤立地出现在画面中，它们会聚集在诗人细腻的感觉里，交错出现，形成一种飘逸、萧散的气韵，从而完成一名文人、一名画家的艺术实现。

当代文人画能否从笔法、墨法、树石法，直到各种构图法的图式框架，确定一种标准？我没有深入思考。不过，在宗鄂的画作里，我看到了当代文人画的特征。一、用笔的丰富。宗鄂大胆突破传统的笔法，侧锋、中锋交替使用，追求画面的质感；二、画以载道；三、变革绘画材料，以奶墨入画，增加画面的视觉效果。

前两点是对传统文人画的继承，后一点便有了宗鄂的风格，也许是诗人的风格。开始，我对宗鄂的"奶墨入画"表示谨慎的支持，当我拜观到许多幅宗鄂的奶墨画时，我似乎理解了宗鄂的探索，宗鄂的追求。古人讲："工欲善其事，必先利其器。"画家作画，依靠工具，其中包括笔与墨。诗人飞扬的情思，要求他们在瞬间捕捉某个意象，使之具备审美的价值。宗鄂如深潭一般的心灵世界，决定了画画的宗鄂必须突破常规，借助一切手段，实现自己的梦想。这就好比书法家，他们在书写中试图写出激越的情感，往往求援于"墨法"——水的调节，使墨有了不同的韵致，而这样纷飞的韵致与书法家的情感共振，自然产生出不同节奏。为此，一位美术理论家说道："文人画史的大部分时间是在价值和风格的相互超越中去阐释历史，塑造现实和向往未来的。而联系两者的中介，则是一个具有极大弹性和游离功能的东西：趣味。"

宗鄂的画需要重视。尽管宗鄂没有在中国美术界开宗立派的野心，我们一定需要信心，看一位诗人画画，看他如何把诗情、诗意和一位诗人的道义，全身心地放在一张宣纸上。

手札的命运

文章的题目，受女诗人扶桑的诗作《书信的命运》启发。这首诗发表在前年十月号《诗刊》的下半月版，诗作如同刀郎的歌《新阿瓦尔古丽》，空旷而苍凉："书信有书信的命运，如同写信人有自己的命运——/有的信被弃置，被漫不经心的脚踩进泥土/有的信半途流落/在某个不知名的角落/有的信被一遍遍默诵用红丝带包扎像护身符贴胸珍存/有的信被焚化，在吞咽的火舌中随同/那哀悼的手一起颤抖/有的信像分离的骨肉/渴望重回主人怀中/还有的信像，永远、永远/隐秘的痛苦不付邮。"

凝重的诗句，朴实的诗句，触动了我内心最柔软的一部分。

这首诗让我开始怀念，并回忆起自己写信的年代——一个激情四射的年代，一个具有理想的年代，我们在信中表达脱俗的决心和对纯真爱情的渴望。

少年时代，读陶斯亮《一封没有发出的信》，情绪忧郁，泪流满面。懵懂的自己，被女儿对父亲撕心裂肺的述说深深感染。后来见到了陶斯亮，我轻轻讲到了自己读《一封没有发出的信》的感受，陶斯亮看了看我浑浊的眼睛，也许不相信眼前的俗人还有那么纯真的过去。

读傅雷致黄宾虹书，体会到傅雷的优雅。难怪傅雷有那么飘逸的译笔，眼前这一百余通手札，通通是佳作，是美文。典雅的傅雷，丰富的傅雷，在他的手札中永恒。

从青年到中年的距离，并不遥远。可是，写信的日子被快速的科技革命和浮躁心态终结了，此后，我们看不到优美的信札，更不愿意在信札中陈述自己的内心。科技解决了彼此的沟通，但解决不了人的文化向往和精神渴求。

向中国历史的空间中探望，我们看到了手札的使命和意义。中国手札显然不是单纯的书信，其中复合着书法、文学、礼仪等多重意义，体现着写信者的素质、风度，最后才是世俗目的。西方书信，就是寻求世俗目的的书信，通告或阐发，抒情或言事，撇开了中国手札内在的文化精神和形式意义，更遑论书法价值和审美功能。置于案头的常读文章，许多是先贤的书信，如李斯的《谏逐客书》，司马迁的《报任安书》，嵇康的《与山巨源绝交书》，王羲之的《与尚书仆射谢安书》《与吏部郎谢万书》。还有颜真卿、苏东坡、顾亭林、赵之谦、郑板桥、鲁迅、叶圣陶、傅雷、谷林等人的书信。深入其中，乐而忘返。其中的一部分，是书法作品的经典，不同时代的人临摹，感受异样，形质纷呈。

新文化运动革了手札的命。当现代汉语成为现代中国的文化载体，传统手札的现实意义不复存在，渐渐退出中国知识分子的日常生活，随即变成了中国文化的语汇和中国知识分子的精神标本。

手札的命运，是中华民族的命运。当一个民族在政治体制与生产方式上与其他民族拉开距离的时候，自然反思自己的文化形态，民族虚无主义，导致了我们的不自信甚至是对优秀传统的扬弃。对待手札即如此。所谓的现代化，就是物质生产的模式化，信息交流的同步化，文化消费的快餐化。这样的背景，让我们失去了在书斋中闲适作书的雅致和讨论形而上的趣味。其实，中国文化多是在不经意中形成的，手札的文学品质和书法价值，恰是文人闲适的创造。

现代汉语把手札演化成现代书信。简单的语词和简陋的形式，使现代书信不具有多意性和复合价值。尤其是书写工具的替换，即硬笔的普遍使用，从本质上消解了中国传统手札的审美属性。近一百年的时间里，我们急功近利着，我们为温饱努力着，我们在政治的坎坷中跋涉着，我们成了单向度的人，对历史、文化、艺术、信仰缺少热情。我承认，近一百年的时间，我们改天换地了，我们步入了科技时代，我们沐浴现代化的曙光和阴影，甚至我们已经不认识自己。

但我们没有忘记手札，我们还有能力回味传统手札带给我们的审美冲动。

　　二十一世纪初，我们开始纠正对传统文化的夸大和偏见。重提手札，既是我们修补被极端功利意识扭曲的心灵，培养我们对深邃、广博的文化形态的审美趣味。

　　与斯舜威先生共同策划的"心迹·墨痕：当代作家、学者手札展"，是我们对往昔文人生活的怀念，是对传统手札文化意义的强调，是与中国文化的依存。对这个展览的推动，我与斯舜威进行了广泛的交流，有意思的是，不同的感受，是在手札中交流，往来北京与杭州的数十通手札，印证了我们对手札的认识和理解，对手札进入当代文人生活的不切实际的向往，也复活了中国文人之间交往的现实场景。

　　历经北京、东莞、石家庄、烟台、杭州、深圳、大连的手札展，热议的程度超出我们的预料。这说明，关于手札的话题很宽、很广，关心手札的人很多、很杂，也说明，手札依然在中国人的内心中存留，依然是中国人精神世界的一部分。

学者邵华泽

作家、学者手札展是我与舜威兄策划并推动的当代文人书法展览之一。今年五月，在浙江美术馆第五次展出，再次得到观众的好评。赴杭州参观，在浙江美术馆通透、简明的展览大厅里，与一些热心观众讨论手札、笺纸，分析作者的书写状态，自然提到了邵华泽同志。

邵华泽，浙江淳安人，原中华新闻工作者协会主席、人民日报社社长。邵华泽同志在我国新闻界长期担任领导职务，因此，其书法也容易被视为官员字。

在浙江美术馆，有"九〇后"的书法、美术史论的研究生，其中一位对手札笺纸颇有研究的学生问我："邵华泽是学者吗？他不是高级干部吗？"

邵华泽行书条幅

这样的问题不难理解。邵华泽同志曾任解放军总政治部宣传部部长、人民日报社社长，当然是高级干部。也许人民日报社社长一职的公共影响太大，以至于我们仅仅看到邵华泽的职位，而忽视了他在理论研究、写作等领域所取得的成果。

我与舜威兄讨论征稿的作者范围时，想到了邵华泽。舜威与邵华泽是浙江同乡，也担任过地方党报的总编辑，对邵华泽比较了解。

我对理论问题也感兴趣，尤其是改革开放以来的理论问题，也是我乐于思考的。应该说，在邵华泽同志赴《人民日报》任职之前，我对他的文章就不陌生。那篇在理论界、新闻界颇有影响的文章《浅谈一分为二》，就读了数遍。这篇文章发表于一九六四年一月二十七日的《解放军报》，以清新的文笔谈论朴素的哲学问题，主题明确，思想深刻。文章发表后，引起毛泽东同志的注意，他称赞这篇文章写得既有理论，又通俗，讲得活。无疑，《浅谈一分为二》是邵华泽的成名作。《解放军报》理论组在推荐语中讲道：把哲学从哲学家的课堂上和书本里解放出来，变为群众手里的尖锐武器，这是我们报纸上理论宣传的一项重要任务。这篇文章，在这方面是切合要求的。他通过生活中的现实问题，运用通俗的语言，简短的篇幅，说明了辩证法的一个根本观点：两分法。可称得上写活了，称得上是活哲学的一个样板。

二〇〇八年，中共中央党史出版社出版的《真理标准问题讨论始末》一书，收有邵华泽同志发表于一九七八年一月九日《人民日报》的文章《文风与认识路线》。这篇文章曾在中央党校《理论动态》上发表，时任中央党校校长的胡耀邦同志予以充分肯定，他说："这篇文章写得很好，提出了一个很重要的问题。把文风问题提到认识论的高度，这就抓住了问题的关键。粉碎'四人帮'后需要拨乱反正的问题很多，就是要把认识路线、思想路线、真理标准作为突破口。这方面有大量的工作要做，还可以组织一系列文章。"

不久，胡耀邦要求《理论动态》的编辑向邵华泽同志约稿，题目是《实践标准和科学预见》。在文章中，邵华泽对于"真理标准"讨论中的两个疑点进行分析并予以

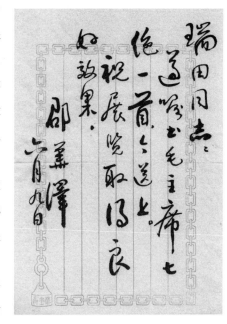

邵华泽致张瑞田手札

回答。一、坚持标准能否否定马克思主义理论的指导作用？
二、既然任何认识、理论都要经过实践检验，才能证实其是否
是真理，那么科学预见又是什么？文章发表后，胡耀邦认为写
得不错，唯一遗憾的是文章发表没有用特约评论员的名义。一
九七九年三月二十日，胡耀邦给中央党校理论动态组写了批
语："不管是谁执笔的，我意报刊发表时还是用特约评论员好。
《实践标准和科学预见》用的是个人名义而没有用特约评论员
名义，效果可能不足，实在是个憾事。"

不久，胡耀邦又出了《打开思想政治工作的新局面》的题
目，约请邵华泽同志执笔。此文涉及在政治思想工作中拨乱反
正的一个重要问题，文章发表后，产生了极大的影响。根据胡
耀邦同志的意见，文章以特约评论员的名义，在《人民日报》
发表。

邵华泽同志不仅写了多篇有分量的理论文章，同时，他又
写了不计其数的新闻评论、杂文，其中的一部分我悉心拜读
了，深受教益。邵华泽的文章文风朴实，语言凝练，适合不同
文化层次的读者阅读。长篇文章逻辑性强，哲学思辨色彩浓
郁，具有吸引力。短文章一事一议，惜墨如金，摆事实，明道
理，现实指导性强，读者十分喜欢。

青年时代，我的理想就是当一名有良知的新闻人，像邵飘
萍、邹韬奋、范长江一样，针砭时弊，仗义执言。为此，对当
代新闻人的文章也极为关注。近几年，给《书法报》写专栏，
为了不让读者失望，不断从现当代作家的文章中汲取营养。鲁
迅的杂文、巴金的《随想录》，以及唐弢、李泽厚、顾骧、李

国文、董桥、刘再复、资中筠、崔卫平、梁文道、张鸣、解玺璋等人的文章，就是摆在我案头的、让我敬畏的精神食粮。

邵华泽同志喜欢书法，行楷沉雄古拙，清刚雅正，深得读者喜欢。退休之后，时间充裕，不断临帖，勤于创作，今年，还在河南安阳举办了书法展。邵华泽同志关注当代书法批评，对《书法报》"老斯说话""瑞田观点"的专栏文章给予了中肯的评价，并鼓励我们敢于说话，尤其敢于说真话。

老舍这个"画儿迷"

陈丹青对鲁迅的美术修养褒奖有嘉，在他的眼睛里，鲁迅几近美术界的行家里手。可是，对鲁迅同时代的作家或晚一辈作家的美术眼光不看好，甚至说茅盾、巴金、曹禺、老舍等人不懂画。

茅盾、巴金、曹禺似乎不懂画，但老舍不然，老舍是一个十足的画儿迷。我曾与舒乙谈老舍，最愿意谈的是他的戏剧，还有，就是老舍对画的那份热心。

翻开《老舍全集》，能看到许多篇谈画的文章，如《观画偶感》《观画》《沫若抱石两先生书画展捧词》《桑子中画集序》《假如我有那么一箱子画》等，文字朴实，直观而细心地表达自己对画家、对画的见解。我喜欢老舍的文字，绅士般的幽默

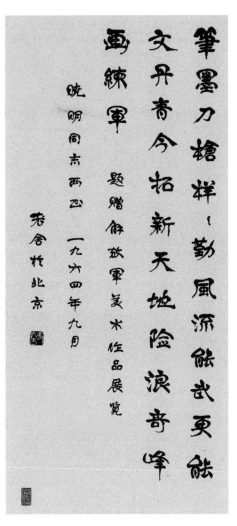

老舍楷书条幅

和佛经一样的静谧，总是让我体会到汉语的伟大。开始，我注意到老舍的书法，并在一篇谈论作家书法的文章中把他看成书法家。的确，人们对他的书法不陌生，有北碑的框架，有经书墨迹的简约，有文人的情趣。这份小说、戏剧、散文以外的才情，如一只温暖的手，抚摸着我荒芜的心灵。

书画同源，渐渐地，老舍谈画的文章引起我极大的兴趣。哦，这个满族老头儿，这个能写流芳千古的文章的老头儿，又是一个地地道道的"画儿迷"。我不禁笑起来，很像青年时代在北京人艺门前买到一张《茶馆》的戏票一般开心，觉得一个秘密在幕布拉开的时候就揭晓了。

老舍不愿意炫耀自己的多擅与才能，他极其认真地说，自己不懂画，只是喜欢看画。喜欢看画的人一开始可以不懂画，久而久之，就一定懂画了。老舍的夫人胡絜青说得更明白："他自己作画水平不及一个幼儿园的孩子，却偏偏有一双鉴赏家的眼力……家里常常画家如云，墙上好画常换，满壁生辉。"

"家里常常画家如云，墙上好画常换"，再次说中了老舍懂画的道理。与画家谈画，可以从未知到有知，"墙上好画常换"，说明了老舍藏画的眼力和实力。

有三张画，在老舍的一生中起到了重要作用，即《王羲之爱鹅》《舞剑图》和《列女图》。老舍在少年时代，看到了父亲钟爱的画《王羲之爱鹅》。这是一幅行画，不过，画中的人物和故事让他知道了中国一位伟大的书法家和生活中的美。《舞剑图》是老舍与同学合作编印的体操教本，时间是一九二一年。合作者叫颜伯龙，后来成为中国赫赫有名的画家。《列女图》是东晋画家顾恺之的作品，被英国人抢去，陈列于大英博物馆。一九二九年，老舍到英国任教，他看到《列女图》，很震惊，遂下了定义"每一笔都像刀刻"，"画得硬"，"举世钦敬的杰作"。不懂画，能说出如此内行的评语吗？

从二十世纪三十年代到四十年代，老舍发表了几十万字的小说、散文。他怀着对中国大地的忧虑、对中国人痛楚的体验所塑造的人物形象，照亮了中国现代文学史。关心现实，是老舍作为作家的责任。这种情怀也影响到他对美术作品的品评。老舍认为，优秀的艺术作品，一篇文章或一幅画，能够给人以审美启示的，基本上都包含对时代、对人生的洞察和对人的深刻认知、对现实的冷静思考。因此，老舍在写于二十世纪三十年代的谈画文章中，矢志不渝地鼓励画家们走向社会，走入民间，走向大自然，广览祖国山川美景，以获得创作的素材和灵感。在《观画》一文中，我们看到老舍对李可染的评价："今天，他几乎没有一笔不是极大胆的，可是也没有一笔不是'指挥若定'了的。他的画已完全是他自己的了，而且绝不叫观者不放心。他的山水，我以为，不如人物好。山水，经过多少代的名家苦心创造，到今天恐怕谁也不容易一下子就跳出老圈子去。可染兄很想跳出老圈子去，不论在用笔上，意境上，着色上，构图上，他都想创造，不事摹仿。可是，他只做到了一部分，因为他的意境还是中国田园诗的淡远幽静，他没有敢尝试把'新诗'画在纸上。在这点上，他的胆气虽大，可是还比不上赵望云。凭可染兄的天才与工力，假若他肯试验'新诗'，我相信他必会赶过望云去。"

这段话中的"田园诗"和"新诗"是什么关系，值得我们思考。

吕千秋是老舍话剧剧本《归去来兮》中的一个人物形象，是视艺术为生命的画家。日寇的侵略、坎坷的生活，让他意识到自己的薄弱，几笔丹青何尝能够让我们得到尊严？于是，在一个早晨，他奔赴抗日前线，描绘硝烟弥漫的战场，刻画英勇的战士。吕千秋，就是老舍心目中的画家。

在为冯玉祥泰山石刻所作的序言中，老舍说："从历史中的事实与艺术家的心理，我得到一些答案：原来世上的名山大川都是给三种人预备着的。头一种是帝王……第二种是权臣富豪……他们用绘画或诗文谀赞山川之美，一面是要表示自家已探得大自然的秘密，亦是天才，颇了不起；另一方面是要鼓吹太平，山河无恙；贵族与富豪既喜囊括江山，文人们怎可不知此中消息？桥头溪畔那一二老翁正是诗人画家自己的写照，夫子自道也。于是山川成为私有，艺术也就成了一种玩艺儿。"老舍反对"艺术成为玩艺儿"，他一直以高度的社会责任感写作。

老舍写了多少篇谈画的文章，有多少画家朋友，庋藏了多少幅画，姑且不论。具有象征意义的是，他的夫人胡絜青也是一位画家。从新婚开始，老舍的美术人生就拉开了帷幕，直到在一个绝望的暗夜，他离开这个越来越看不明白的世界。

"变而不幻，新而不怪"，"功绩不是在画了鱼、虾、螃蟹，而是在于他画出了前无古人的鱼、虾、螃蟹。"这是老舍眼中的齐白石。在我看来，老舍的价值不在于他论述了多少画家，藏了多少好画，而在于他如何从中国现代作家的视角看中国画和中国画家。

当下，"画儿迷"如过江之鲫，官人、富人、名人列坐其中。他们不会像老舍这样看画，因为他们大多都是"财迷"，对画的感情隔了一层难以穿透的屏障。基于此，老舍的意义更非同寻常。

访平壤万寿台创作社

我是朝鲜平壤万寿台创作社的常客。这个艺术创作中心，日渐成为朝鲜对外交流的窗口。许多中国的游客都来过，甚至在这里买过画。说不清我是哪一次从朝鲜回来，恰遇我的几位朋友去朝鲜公干，我就推荐他们到万寿台创作社看看，一边兜售我的朝鲜画知识，一边建议他们买几张朝鲜画，最好是郑昌谟、鲜于荣、金圣姬、金成民、杨润丰、文正雄等人的画。

尽管许多中国人到过万寿台创作社，我敢说，像我这样频繁，这样密集往来的中国人还是不多的。

二〇〇七年的年初，春寒料峭，我第一次来到这里。那一天与万寿台创作社的画家们见了面，达成了在北京办展的共识，便开始喝酒。也是在这个时刻，我认识了金成民——朝鲜美术家同盟的委员长、著名画家、万寿台创作社的副社长。从中国朋友的口中知道我是每天临帖的人，金成民就笑容可掬地邀请我写一幅字。万寿台创作社缺钱，但不缺纸墨，须臾，两位清纯的女青年就在一张案台上铺上了一张高丽纸，在一个砚台中注入墨汁，然后笑呵呵地看着我。说实话，朝鲜女青年真有魅力，不施粉黛的脸庞，青春四射的微笑，拒绝红装的身体，洋溢着一股朝气蓬勃的生命气息。我提起了笔，静心凝气，煞有介事。朝鲜的画家们围拢过来，出于礼貌地看着我，目光异样。一瞬间，我仿佛看到了三十年前的中国，想起自己与几位贫穷的同学是如何追逐在外国人的身后，如同看花果山下来的猴子一样，看着那几位金发碧眼的洋人。很快，我回到了万寿台创作社；很快，我亲切地面对高丽纸；很快，我把饱蘸墨汁的毛笔，挥洒起来。少顷，我拟《好大王碑》笔意，写下了"天行健君子以自强不息"的条幅。落款完毕，我对这几个字的内容作了粗浅的解释，对我所书的《好大王碑》的书体作了简单的说明。郑昌谟知道《好大王碑》，他点着头，竖起了大拇指。金成民看着我写的字，一言未发。郑昌谟指着我写的"拟好大王笔意"，问我："好大王碑还在吧？"我说："在，保存得很好。"郑昌谟若有所思地点点头。

　　我拟《好大王碑》笔意的书法条幅被装裱起来，悬挂于万寿台创作社三楼的廊柱上。在平壤逗留期间，常去万寿台创作社，也常能看见自己的拙笔。写字的那天晚上，小金在他开的饭店宴请我们。席间，金成民向我敬酒，并说："你写的字我明白，我们会自强不息的。"我没有说什么，端起酒杯，一饮而尽，并与金成民紧紧握手。

金成民是朝鲜的著名画家，有"朝鲜徐悲鸿"之称。我看过金成民许多作品，刻画细腻，笔触娴熟，不管是历史题材，还是现实题材，均会以自己的感受，塑造出人物独特的气质。认识金成民，就知道他的画在朝鲜非同寻常，那幅妇孺皆知的"太阳画"金日成，就悬于朝鲜的每个角落，具有某种不可挑战的象征意义。

在世界美术史上，许多名作都是靠技法取胜的。我们的敦煌壁画，中世纪的教堂壁画、宫廷画，还有沙皇时代的人物肖像，造型、色彩、光影，没有一丝懈怠，完整性与和谐性，宛如一架精准的机器。平壤万寿台创作社的画家，都有一支功力非凡的画笔，可简可繁，可大可小。不管是简繁，还是大小，刻画逼真，色彩丰富，不去演绎更多的哲学题旨，是纯粹的画，地地道道的画。

在平壤，到万寿台创作社商谈工作，偶尔也买几张画带回北京，有的送朋友，有的换了当代画家的画作。不过，有一张油画一直藏于箧内，不愿示人。我不是小气的人，许多名家书画随手送人，只是对这幅画情有独钟，一直存放在家里把玩。

这幅画是谁的作品，又画了些什么呢？

作者并不出名，是普通画家的作品，宽约一百三十二厘米，高八十三厘米，人物画，颇为主旋律。

朝鲜的油画让我大吃一惊，超写实的能力，刻画人物的精细，绝对是世界一流。朝鲜本科的油画教育需要七年修完，据说，这样的教学体系全面照搬苏联。我没有考察过苏联的美术教育体制，对于这种说法的真实性不好评价。但是，我确确实实欣赏了数百幅朝鲜的油画，朝鲜油画家探析历史的兴趣，大场面的协调，对领袖人物的痴迷，甚至对世界的独特认识，震撼了我，更吸引了我。

这幅画的名字叫《博弈》，切合画面，也直奔主题。画面近景是朝鲜的少女围棋手与美国成年围棋手对弈。一旁是围观者，这些被惊呆的围观者，大多是西方人。看来这场对弈的地点是在朝鲜以外。画了十七个人物，每个人被棋盘上的激烈厮杀所左右，姿态不同，表情各异。我被对弈的两个人所吸引，被那个稚气未消的少女眼中的成人眼神所震惊。她的右侧立着一面朝鲜国旗，高光下的少女一如成年人镇定自如，直视对手。一定是下了一手妙棋，对手惊慌失措了，托腮深思。美国棋手显然是对手的长辈，穿一件蓝色的西装，卷曲的头发泛着金色的光芒，脸色暗淡，不知路在何方。裁判认真记录，围观者有的惊诧，张大了的嘴，久久不能合闭。有的闭目沉思，有可能在心里回味着某一手妙棋。还有新闻记者，他们抢拍对弈的场面，那种激动的情绪，仿佛是在抓拍突发事件。

我喜欢这幅画。但没有表露出来，是在临行的时候，我提出要买这幅画，由于我在这里有面子，他们没有犹豫，顺利成交了。我像一位考古学家挖掘到一件可以证实历史的文物，面对《博弈》，有了如获至宝的感觉。拿到北京以后，凡朋友来，我就会展示《博弈》，请大家欣赏。我说，这幅画体现了朝鲜画家的油画创作能力，更展现了当代朝鲜人的精神状态和思维特点，不管是从绘画技法，还是从画作的主题，都会引起我们的深思。比如，艺术作品在表现民族自豪感时，惯常的手法是抹黑对手，甚至是不顾及生活的真实，来创作"高、大、全"式的"艺术的真实"。遥想当年，我们的电影作品，无不是把反面人物写成白痴、傻瓜。时下流行的抗日神剧，也是这一创作理念的集大成者。

好在电影、文学、绘画之间存在着一定的区别。绘画可以抛开主题一类的问题，从技法的角度进行欣赏。这一位画家政治立场的激进或落后，不会从根本上否定他的创作能力，就好比为宗教服务的那些类型绘画作品，依旧具有重要的价值。

收藏《博弈》，收藏的不仅仅是一幅画，而是人类精神历程中的一种状态。我不能无视这种状态，我必须面对这种状态。

万寿台创作社，是朝鲜国家级艺术创作中心，囊括了朝鲜民族艺术，其中有朝鲜画、油画、宝石画、雕塑、陶瓷，代表了朝鲜美术创作的最高水平。由于种种原因，还是不能完全看清这个创作中心，如何想说清楚，恐怕还需要时间。

刘征的诗书画

其　诗

一九八〇年,《友声集》出版。这是臧克家、刘征、程光锐三人旧体诗作的合集。臧克家在序言中写道:"刘征同志对旧体诗词创作热情最高,或以抒情,或以纪事,佳兴勃勃,诗词繁富如雨后春花。"

二十年后,刘征的古体诗词创作取得了丰硕成果,为世人公认。二〇〇〇年,五卷本"《刘征文集》首发式暨刘征从事教育、文学活动五十年研讨会"召开,臧克家致函祝贺,他说:"当前,旧体诗风气旺盛,作者林立,但评论甲乙,刘征应居首位……我曾认为他'山向眼中秀,水在心底流',山有山的个性,水有水的柔情,诗人的精神与大自然会合,不做作，首首出于灵魂深处。"

　　早些年，旧体诗词写作属于"大人物"们的遣兴专利，不具有社会的普遍意义和文化的普遍价值。改革开放以后，旧的价值观念遭到瓦解，旧体诗词的审美特性被重新发现，写作旧体诗词就成了不同人的自觉行为。刘征旧体诗词创作的高峰正是在这个历史阶段，作品紧依唐调，多有老杜沉郁凄凉之感，也常见谪仙人的飘逸畅达之姿。开局宏大，格调高雅，一唱三叹，情思绵绵。刘征十五岁写诗，处女作便受到老师的夸奖，从此，一个一心向古的少年开始有意识地读诗写诗。

　　时下写旧体诗，庸俗化倾向严重，图解流行的政治、社会观念，俚词俗语式的标语口号、歌功颂德，取代了旧体诗词的咏古抒怀，感悟人生，君子之交的相互唱和。又因为古体诗词的作者古典文学的欣赏水平较低，缺少必要的国学根基和诗词写作技巧，所以，在相当长的一段时间里，当代诗词创作始终达不到应有的艺术水准。刘征的诗词写作，建立在自己雄厚的国学基础之上，笔力扛鼎，奇力清新，风骨苍润，颇得古人诗词作品的气息。重要的是，刘征写作诗词，完全基于自己的生命体验，不管是写情状物、吟咏山水，还是慎思言志、折柳奉和，基本遵循着古体诗词的创作规律，谨慎用典，细心推敲，终于把自己的诗词创作推向了艺术的高峰。刘征说："我想，今天创作旧体诗，应在内容上更注重时代色彩和现代生活的特点，即使生活小品诗也能写出新的味道，和古人不一样。当然，我不反对旧体诗的形式创新；但即使恪守古老的格律，也同样能用现代的土壤滋润她，使沉睡千年的诗词像古莲的种子一样，在丰盈的现代土壤开出更鲜艳的花来。"

自一九八〇年至今，刘征已出版《霁月集》《楼外楼诗词》《古韵新声》《逍遥游》《画虎居诗词》《蓟轩诗词》《风花怒影集》等十余部诗词集，可谓我国当代诗坛一位多产的诗人。

其　书

孙过庭在《书谱》中说道："情动形言，取会风骚之意；阳舒阴惨，本乎在地之心。"读刘征书作，此种感觉油然而生。

刘征乃当代著作等身的学者型作家，先后出版了数十部杂文集、新诗集、古体诗词集、教育论文集、古代寓言译注集，作品深厚，影响广大。

近年，《刘征诗书画集》出版，引起文朋诗友的震惊。殊不知，一位作家竟然写得出如此真情至性的妙字，画得出如此冲淡厚朴的好画。曾限于小范围的书画达意，立刻受到世人的瞪目。刘征书法根基"二王"，又上溯魏晋南北朝，而后折回唐宋明清，深究《东坡诗稿》《王觉斯诗稿》《归庄诗稿》的笔墨精髓，使得腕下"高韵深情，坚质浩气"（刘熙载语），字迹充盈着浓浓的诗意。

刘征戏称自己是"余事做书家"，但他毕竟是学贯中西、笔挟元气的作家，在他的眼睛里，线条是书法艺术的外在形式，唯有同诗文相合、相映，才能完成书法美学的建立。颜真卿的《祭侄稿》《争座位》，杜牧的《张好好诗》，米芾的《苕溪诗》无一不是这一类作品。刘征说："我国的书法艺术，本质上是与文学相通的。如果有书而无文，再好的书法也不免黯然失色的。"他不否认中国有仅以写字著称的单一书法家,最典型的代表就是智永和尚。但,更多的则是文学修养深厚的学人和文人。王羲之的《兰亭序》是书法史上杰出的作品,也是文学史上的优美篇章,是一篇有哲学思考和智慧光芒的不朽之作。不无遗憾的是,当下的书法家可以在王羲之的留痕中感受到书法艺术的魅力,却难以破晓王氏文学之笔的精妙和深邃。

刘征常写"笺书",其理由并不复杂,笺书多是诗文稿本,改动的文字,急缓的行笔,可以窥知作者的思绪。因作者并非意在写字,字的正斜大小,可以联而裱之悬诸素壁,又可以裱为册页置之案头,是诗书合璧的一种美好形式。"笺书"需要作者深厚的笔墨功夫和敏捷的文思,仅知道临几页帖,抄几首诗的所谓书法家是不敢望其项背的。面对刘征的诗文翰墨,沈鹏说:"学养深,犀利而给人回味,他是一位学者化的作家……我感到意外的倒还不仅是他的'能画',而是他并不像有些文人那样借涂抹几笔显示自己的'多擅与能'……而老枝新花,枯木逢春,显然追求一种人格力量,一种真趣。"读刘征书法,的确有这种感受。刘征所藏郑道昭《云峰山石刻》拓本,他题有一首七言绝句:"江表清风河朔云,抑扬碑帖论纷纷。欲求刚健含婀娜,中岳何妨盟右军。"这首诗是刘征对《云峰山石刻》的称颂,也是自己的书法宣言,他明确地声明,书法之美,就在于"刚健含婀娜"(苏东坡语)。

"先生本色是诗人,觞咏余闲著砚痕。"此诗是吴丈蜀写给谢无量的,吟咏品味,恰是我仰慕刘征的心情。

其　画

刘征擅画山水，从细秀的皴擦，坚劲的线条，适时的设色，以及画幅的整体构思，极易领略传统山水画的清逸、沉静、壮阔。收入《刘征诗书画》中的《云山忆旧图》《二将军柏图》《山居读书图》等画作，无不是老笔纷披，情绪贯通，细节灵动。写山水，自然写活叠嶂飞瀑，兀立的独峰，雾气的幽深，沉墨或留白，毕现大自然的魂魄。

刘征学画与学书同步，童子功点活了手中的毛笔，即使随意触抹宣纸，也可窥见凄迷的造境，含蓄的意趣，工拙的色块与线条。对于刘征的画，欧阳中石在序言中讲道："……有的乍暖先春，明媚之至；有的老树正旺，新篁出笋，有的乔木参天，而初绿犹新，生意嫣然……皆宋元娟秀，又蒙岭南泽润，观之令人神往。有的古木交柯，春机荣欣，从诗人句中得之，而入画中，观之令人心驰。神与古人相通，意与画家相契，此恐是'写意'之真谛所在也，岂止是骋笔泼墨，摹略大概之谓也。还有茂林峻岭，高山流瀑，更见大匠之胸揽丘壑，意境遐思。尤其题跋错落，诗邪？景邪？天邪？人邪？我邪？他邪？融浑一体，不知其然而然也。"

刘征画笔多流露宋人情趣，北宋山水的超迈雄浑，文人的放达、思虑，在刘征的画境中委婉流出，合着生命的节拍，放射出物我交融、天人合一的艺术光芒，凸显出"当其下手风雨快，笔所未到气已吞"（苏东坡语）的境界。明末清初的著名画家恽南田说："笔墨本无情，不可使运笔墨者无情。作画在摄情，不可使鉴者不生情。"刘征深明此理，他把诗人的情愫，置于画幅之间，写人写物，写山写水，倾注画家本体的生命体验，大处气象万千，细处和风细雨，参悟自然玄理，颇有"吐弃到人所不能吐弃为高，涵茹到人所不能涵茹为大，屈折到人所不能屈折为深"（刘熙载语）的气概。

刘征酷爱王维、沈周、董其昌、朱耷、石涛诸家。他的画笔蕴藏着传统山水的清逸格调，点线间存在一个广阔的世界。笔者甚爱的《山居读书图》，笔力遒劲，以中锋淡墨勾线，简练涂抹出远景的云雾山峰和近景的屋舍草木，又在左上角题有长跋，魏晋风骨的书法，与浓淡相间的构图相映成趣，文人画的郁郁芊芊、雅致、书卷气，从画家的笔端自然流淌。《天台望云图》与《山居读书图》有异曲同工之妙。同样的长跋，同样的怪树奇石，同样的远山近云，但，一个孤独的身影，顷刻之间激活了画幅。读之，深为一个人的心境坐立不安。他是踌躇满志的政客，还是遍寻清静的僧人？是游山玩水的骚客，还是远离风尘的高人？审美的想象在画幅间展开，审美的享受也在不知不觉中实现了。

文人画的深度、厚度，铸就了无以伦比的艺术力量，这该是中国画真正的价值。

读洪丕谟有感

夜深挑灯，烛影摇红，在堆满钟鼎彝器、法书名画的古雅书屋里，赵明诚、李清照夫妇沏一壶紫笋茶，各自找一卷书，在太古般沉静的良夜，沉进到了古纸堆里。这时窗外虫声唧唧，柳梢凉月如钩，更给夜幕笼罩下的书屋，平添了多少沉，几许寂……

这样的文字很容易穿透我的内心。五十五岁的洪丕谟在这份古意盎然的情调里看云卷云舒，看世态炎凉。这是洪丕谟十五年前写的，他写活了一个夜晚，写出了读书人的情趣。

生于一九四〇年的洪丕谟离开我们五年了。遗憾之余，又为洪丕谟远离了喧嚣的书坛而庆幸。如果他活到七十岁，不知道他会如何面对，那一支优雅的笔，该会写怎样的文章，该留下什么样的翰墨？

我不认识洪丕谟，对他的了解来自他的文章。二十世纪的八九十年代，洪丕谟有可能是书坛中最勤于笔耕的人，涉猎的学科最广泛的人，当然，也是具有较高社会影响的人。爱屋及乌，当我沿着洪丕谟的足迹，对书法的有关问题做点滴思考的时候，内心深处，洪丕谟的形象逐渐放大，以至于对他的一生越来越关注。

生于上海，祖籍浙江宁波的洪丕谟，成长于书香之家。父亲洪吉求为留法文学博士，爱书画，喜收藏。受父亲影响，洪丕谟自幼酷爱书法与文学，高中肄业后学中医，获中医师衔。后到华东政法学院专事法律古籍的教学和研究，同时涉猎书法，技道并进，终成一代名家。洪丕谟兴趣广泛，对佛学、风水学、道学等学科均有研究，惜笔者不求他技，对这些深奥学科说不出所以然，只能点到为止。

作为书法家和随笔作家的洪丕谟，在我的眼前逐渐清晰而高大。我信奉西人的话：要获取新知，就去读旧书。于书法学习，需临古帖，研习书法理论，读旧书的收获当然丰硕。于是，洪丕谟选注、编纂出版《历代题画诗选注》《历代论书诗选注》《古代书论选读》《法书要录》《墨池散记》等，以及所著书法评论文章《形象思维与书法》《书法应有批评》《书法的欣赏与评论》《书法界弊端种种》等，自然而然地进入了我的视野。对于洪丕谟，这些显然不够，他专注书法，也专注其他。这一点，他似乎比今天活着的人还清醒。我们在书法中获取功名之后，便以高度的本位主义，轻视书法以外的艺术与学科。那种令人哭笑不得的自信与自大，透露着书坛的浅薄。

洪丕谟勇往直前，他思考了许多问题，写了无数的文章，最后以书法家和学者的形象留在了我们的记忆之中。也许是一种暗示，也许是一种感应，今年我读了洪丕谟的一些书、一些文章。当我对洪丕谟的博学深感钦佩的时候，我突然知道了这个人的岁数，甚至我不敢相信，仅离开我们五年的洪丕谟已是七十岁的人了。七十岁，乃一个人的古稀之年。如果洪丕谟活着，他的书法和他的文章，可以使他意气风发。书法和文章都值钱了，洪丕谟以自身的能量，可占书坛一席之地。

我对洪丕谟这样的可能不感兴趣。对我尤为震撼的是，他的文章依然可读，他的某些思想依然鲜活，他的格调依然不俗。七十岁的人，数十年的笔耕，一生的爱墨向善，让我这个不求尊荣的读书人倍感温馨，深感充实。

没有洪丕谟的书坛越来越热闹，热闹的书坛也越来越鲜见洪丕谟的身影。淡淡的悲凉之中，我深切感到洪丕谟走早了，在本不该走的年龄走了，那份丰盈、厚重，那份潇洒、淡定，那份深邃、犀利，成了二十世纪书坛的绝唱。

没有洪丕谟的书坛更加金碧辉煌。可惜，在刺人眼目的光泽里，缺了洪丕谟，还是显得轻飘、浅陋。诚如岱峻先生写道："今天的新闻，未必可以写进历史；而既往的历史恰恰有大量的'新闻'。"这就是洪丕谟的意义。

我不是悲观主义者。我相信洪丕谟这样的人还在，这样的文章还有。只是以有别于洪丕谟的方式存在。只要存在，道义与良知就不会死去。

"天书"韩美林

　　韩美林的工作室是一间没有阳光的房间，紧邻楼梯口，有一块空地，置放着丁字型的沙发，显然是韩美林会客和休息的地方。我坐在这里，捧着厚厚一叠有关"天书"的资料，如饥似渴地读起来。偶尔抬起头，发现韩美林依旧在案前忙碌着。他已年过古稀，腰板笔直，动作敏捷，声音洪亮，丝毫不见老态。他像一个严谨的学者，把眼前凌乱的书，分门别类地放到书柜里。有时想起了什么，又拿出一捆手稿，一张张翻阅。我把"天书"的资料读完了，他还在案前案后忙碌，看他的动作，真像一只觅食的麻雀。少顷，他发现我正在等他，便放下手中的工作，走过来，一边走，一边说："研究书法是为了画画。我与文字学家和书法家不一样，在古文字中，我偏于形象的摄取。"谈起古文字，韩美林有惊人之论。他说自己不喜欢小篆，秦统一了文字，也把古文字鲜活的生命气息弄没了。秦以前的文字是中国文字史中"自由发挥"的时代，文字的自由多变，才能启发自己的造型能力和多样性的结构能力。

我是为"天书"而来，当然是想寻找"天书"的秘密。近几年，人们对韩美林搜集、书写的三万多个无法识别的古文字议论纷纷，这些被韩美林称作"天书"的古文字从哪里来？韩美林又是如何书写的？他赋予"天书"什么样的书法意义？后来读到文字学家李学勤《天书有字又有情》的文章得知，韩美林的"天书"是"出于现代人之手，而所表达体现的，是几千年前岩画、铭刻那种深邃神秘的文化精神"。

好一个文化精神。

改革开放初期，对篆书情有独钟的韩美林开始注意那些"义不明""待考""不详""无考"的字，或一字多释，不知其音，不知出处，有悖谬、有歧义，以及专用字、异体字、生僻字等，甚至一些符号、记号、象形图画、岩画等标记，都被韩美林一一记录下来。他觉得这些无法识别，不能使用的文字很美，像"美丽的哑女"。既然美，不用她，看她，行吗？写她，行吗？回答无疑是肯定的。李学勤说汉字没有走上字母化的道路"就是中国古代的文字一开始便赋有明显的艺术性"。韩美林眼中的"天书"自然是艺术化的，他书写"天书"的过程自然是艺术的创造过程，寻找的就是"视觉舒服的古文化感觉"。

书写"天书"，韩美林发现了古文字与绘画的同一性。古文字学家求的是形、音、义，画家在其中看的是点、线、面。

前者是为了求证，后者是为了求美。这一点，古文字给绘画带来的启示不言自明。

提起"天书"，韩美林想起了启功，他深情地对我说，写"天书"也与启先生有关。说完这句话，我们都沉默了，我发现他的目光飘到了很远的地方，刚毅的脸颊腾起祥和的神采。二十多年前，韩美林与启功有一次香港之旅。韩美林随身携带的小本子引起了启功先生的注意，一个偶然的机会，启功翻开了这个小本子，看到了韩美林记录的"天书"。启功觉得这些字很有趣，听完韩美林的介绍，他对韩美林说："你这是在办'收容所'呀！"然后，他鼓励韩美林把"天书"写出来："写金文和甲骨都没有脱出原来的字形，把名字捂起来猜不出是哪个人写的，书法和写字不一样，古文字都是描下来的，只能说是资料，不能说是艺术。你能写出来就好了，你是画家，又有书法底子，别人还真写不了。"

启功先生的一番话，使韩美林加速了寻找"天书"、书写"天书"的速度和效率。他的目光在古陶厂、博物馆、遗址、古墓、古书中搜寻，"天书"记满了一本又一本。在搜集古文字遗存时，韩美林也开始搜集岩画，这些图案究竟是什么，韩美林不感兴趣，他在其中提取的是美的要素。遗憾的是，韩美林耗费数年时间书写的一本厚厚的《天书》还未付梓，启功先生就告别人世，令韩美林悲痛欲绝。他在启功先生的遗体前磕了三个响头，满脸泪痕，喃喃道："我太懒了，这本书应该出到他的前头。"

寻找"天书"可是一件苦差事，韩美林的大篷车每年都要在路上奔忙，西南、西北、中原、江南、东北等，一路风尘，每当看到一位"美丽的哑女"，韩美林就像探险家发现了历史的遗存，常常是手舞足蹈。

韩美林自嘲自己是"另类"的古文字爱好者，我看，古文字对他也是偏爱。七岁时的韩美林在离家不远的同济堂药店看到了刻有字迹的"龙骨"，"龙骨"身上的字就是甲骨文，这些古文字就连王羲之都没有看到，却与少年韩美林纠缠起来了。此后，这些像画一样的字嵌进了他的记忆深处。无师指点，韩美林凭悟性和勤奋，开始习篆。一次偶遇陈叔亮，他看到韩美林写的篆书，问道："你这么个小鬼，能喜欢写这种字儿就不应该小看你。"

深入一个人的故事，总觉得时间飞快，转瞬就到了傍晚。临行前，韩美林送一本题为《美林》的书。这本书收有韩美林的绘画、雕塑等艺术作品，由韩美林的书法题跋串联着，形神兼备，文情并茂。长长的题跋语言幽默、诙谐，颇具人生况味，书法高古、凝重，气脉悠远，具有韩美林强烈的个人风格。

《天书》写完了，他还有一个有关书法的宏大计划，书写有据可考、有意可寻、有音可读的汉字。又是三万多字。问他，难道画就不画了？他斩钉截铁地说："不画了，写字多开心。"

谁看见了汉印"傅雷"

一九四三年九月二十五日，傅雷致函黄宾虹，着重谈了黄宾虹邮寄上海的参展作品，对作品能否平安抵达上海而忧虑。末了，傅雷笔锋一转，说道："……承示汉印可与贱名相同，可谓幸遇，倘荷代购暂存已亟心感，赐赠万不可当，价款稍迟并算。"

显然，黄宾虹得汉印"傅雷"印，与翻译家、文艺评论家傅雷一名同，计划送与傅雷为念。

对书画与古物，傅雷舍得花钱，因此，他对黄宾虹云"赐赠万不可当，价款稍迟并算"，绝不是谦辞。

陈叔通为黄宾虹撰写的一则简介，言简意赅，高度概括了黄宾虹不平凡的一生："黄质，字朴存，又字宾虹，亦字予向，

宾虹老先生有道

手书并 大作十二页均经拜收屡承

厚饷而知何以为谢援以下愚详荷

知遇若是之襄铭当楷墨难宣 画展日期

先生已告同言秋收何时可以成行石晴余念南中

故旧想为言及此事玉当尽会筹备事宜若有

所需但乞 明示棉力所及无不乐为

长者驱驰也先此伸谢雪玟谢言敬候

道绥不一

晚 傅雷拜上

七月十七日

傅雷致黄宾虹手札

后以宾虹为名，安徽省歙县人。清末从事革命。辛亥以后，专工画。富收藏，尤富钤印，有《宾虹草堂印谱》初集至四集。好游山水，画乃益进。晚年善水墨作法，加浅绛青绿，与油画合于一炉。能作古篆。著古钤释文、纪游诗草。"

其中"富收藏，尤富钤印"句，可窥黄宾虹在钤印收藏和研究领域的作为。

不错，黄宾虹对三代印章古玺研究尤深，每于市肆所见，倾囊购买，积珍品达一千枚之多。黄宾虹在《八十自叙》中说道："……频年收获之利，计所得金，尽以购古今金石、书画，悉心研究，考其优绌，无一日间断；寒暑皆住楼，不与世俗往来。"他先后撰写并发表了《叙摹印》《金石学之津逮》《虹庐笔乘》《宾虹草堂集古印谱序》等印学文章。黄宾虹用文言写作，文字简洁，观点明确，搜集材料竭泽而渔。张桐瑀在《中国书法艺术大师——黄宾虹》一书中写道："黄宾虹对三代古文字一直研究不辍，研究论文及印谱常刊行于世。所搜寻的周秦古印日见丰富，收藏枚数在上海已属前茅。"

我想，在中国，收藏周秦古印，黄宾虹也无人比肩。

汉印"傅雷"印一定是这一时期觅得，与傅雷相识，便慷慨相赠。文人的痴古情调，于此可见一斑。

这件事，这枚印，我一直心向往之。读傅雷的文章，一直小心，生怕漏掉提及汉印"傅雷"的文字。可是，翻来覆去地读，也没有看到对这枚汉印的述说，是黄宾虹没有送，还是傅雷没有要，不得而知。咸读黄宾虹致傅雷手札，依旧得不到回答。曩去京北拜望傅雷次子傅敏先生，询问汉印"傅雷"，傅敏语焉不详。

　　傅雷与黄宾虹之间的忘年之交，堪称艺林佳话。傅雷于一九四三年末在上海为黄宾虹举办的个人画展，社会影响，市场推广，珠联璧合，黄宾虹大为满意。关于这次画展，黄宾虹于一九四三年十月二十日复函傅雷表示："……今次拟开画展，得大力文字之揄扬，喜出望外。又有裘、顾诸位之辅赞，亦不易得。"

　　傅雷致黄宾虹的一百余通手札，表现出傅雷较高的书法审美水平和书法创作能力。傅雷作手札之余，能否创作一些不同尺幅的书法作品，在这些书法作品中能否使用汉印"傅雷"印？研究傅雷手札之余，留意傅雷的书法作品，遗憾，无从觅得，也就没有机缘看到汉印"傅雷"了。

莫言与书法

　　二〇一二年的诺贝尔文学奖授予中国作家莫言，实至名归。莫言是当代著名作家，文学才华，思想深度，生活智慧，艺术趣味，无出其右者。他肩负巨大的人生磨难和繁重的文学劳动，取得了举世瞩目的文学成果，为中国文学赢得了应有的国际地位。

　　莫言有广泛的艺术趣味，于书法，他是一位热情的欣赏者，也是一位勤奋的创作者。近来，莫言墨迹，频见于多家报刊和书法展览，并被人们称为文人书家的代表人物。《文艺报·新作品》中的"团结湖"栏目，由莫言书写，三个疏朗、生动的行书，维系着书写者丰富的心灵，体现了一位作家对毛笔书写的厚意深情。沈阳地铁"工业展览馆站"，由莫言题写。六个朴实、厚重的行书，凸显于工业展览馆站的走廊，"莫言题"三个字醒目而结实。沈阳邀请莫言题写地铁站名时，莫言还没有"诺贝尔"效应，选择莫言，是选择他对书法的敬意与热爱。

沈阳位于关外，容易被看成文化底蕴薄弱的城市。其实错了，当我们看到市民们热情洋溢地在"工业展览馆站"六个行书大字前拍合影照的场面时，我们终于懂得了沈阳人的文化眼光，沈阳人对文学的忠诚。

二〇〇九年，我与舜威兄策划"心迹·墨痕：当代作家、学者手札展"，邀请名单中当然会有莫言。第一，我与舜威都是莫言忠实的读者，莫言神性的写作和沉重的表达，是我们的精神动力；第二，莫言热爱书法。作为山东人，他没有理由不热爱书法，遍及山东各地的秦汉刻石把中国书法推到顶峰，孔孟之道，延续着现代文人对诗情墨韵的寻找。尽管作为整饬的毛笔书写，莫言还存在一段距离，但，就他博大的情怀，文学的俯仰，是对得起书法的。为此，我们向莫言发出邀请，我们幸运地得到了他的支持。信手挥写的手札，参加了在北京、东莞、石家庄、烟台、杭州、大连等地的巡展，使一次次率真的雅集，有了别样的神采。

中国人莫言，山东人莫言，与书法没有距离。

今年，作家们集体抄写《讲话》，引起不同的反应。喜欢汉字书写的莫言，也抄写了一段，面对质疑和批评，莫言心平气和，他告诉大家："我们要突破这个《讲话》的限制，并不意味着我把这个《讲话》全部否定，因为我认为这个《讲话》还有它合理的成分。比如它讲普及跟提高的关系，它说你不能老唱《小放牛》，你还有阳春白雪是吧，讲这个民间艺术跟外来艺术的关系，讲生活跟艺术的关系，它讲生活是艺术的唯一源泉，它讲作家为广大的工农兵服务这样一个概念，我觉得这些东西我还是认可的。"

二〇一二年八月八日，由中国作家协会批准的中国作家书画院成立，莫言被推举为副院长。理由当然简单，作家莫言深爱书法。

荣获诺贝尔文学奖的莫言一定繁忙，不管是社会活动，还是读书写作会占去他许多时间。不过，我们相信，他不会放下毛笔的，他血管中流淌的是凝重的山东人的血液，他会一如既往地把书法看成他生命中重要的一部分，会在书法这一文化领地，检点以往，展望未来。

旭宇的一首长诗

旭宇的诗集《天风》（河北教育出版社，二〇一四年六月第一版），收有《白求恩的手术刀》，这是一首长诗，写于一九七九年，以白求恩的手术刀为意象，反思了一个历史时期的社会腐败问题，其中的诗句："啊/手术刀/清清洁洁才好走进手术室/一尘不染/是我们的信条/因此啊/我们乐于在沸水里洗却污垢（这也许有些痛苦）/可与你/与我们清洁的事业/是多么地需要/不要把洗涤、锻炼都留给别人/难道你纯洁得那么清高/可知道有的刀身上也有尘灰/甚至把红锈作为革命的商标/不要以为你操着别人的命运/你的命运也同样被人民操着/你只有向罪恶挥舞的权利/没权割断任何正义的欢笑。"

这是一首政治抒情诗，是对"文革"十年的深切反思。时

旭宇致张瑞田手札

隔三十七年，重读这首长诗，被诗人浓重的忧患意识和犀利的历史眼光所折服，与其说诗人思考的是那段令人心痛的时间，毋宁说是对中国现实的分析与展望。艺术作品能否超越历史，在于艺术家是不是敢于思考，是不是能够思考，是不是有勇气触及社会敏感问题，或者说是不是有强烈的社会责任感。在《白求恩的手术刀》的结尾，有旭宇的毛笔手迹：艺术是一种历史存在，艺术形式的推陈出新也是一个过程。读罢旭宇的这首长诗，再看这段疏朗的手迹，我突然明白了，诗歌是人类的历史存在，诗歌也是旭宇的历史存在。三十七年前的旧作，并没有让人觉得陈旧，相反，冷静的观察与正义的阐扬，还有对祖国的热爱，让他的诘问有了时间的分量和艺术的分量："啊/

有的刀原本就是铜铁/镀了层镍在人前闪耀/它当然经不起柔情相磨/酒杯浸泡/看/生了层毒绿/还自诩颜色独俏/人民怎不发问/这样的刀又有何用/它只会为灾难开一条通道/承认吧/我们的伤势确实太重/人民已给祖国填写了病历表/我们的党在上面也签了字/新时期的手术桌也已摆好/大胆切割吧/手术刀/让一切邪恶在你面前发抖/未来将走下病床和你拥抱……"

　　有些沉重，有些感伤，但，归根结底还是希望。关于诗歌，我想起鲁迅关于陶渊明的论述："就是诗，除论客所佩服的'悠然见南山'之外，也还有'精卫衔微木，将以填沧海。刑天舞干戚，猛志固常在'之类的'金刚怒目'式，在证明着他并非整天整夜的飘飘然。这'猛志固常在'和'悠然见南山'的是一个人，倘有取舍，即非全人，再加抑扬，更离真实。"的确，我们的诗歌越来越靠近自己的内心了，在小情小景和一己跨踏中"飘飘然"。当然没有错误，人生需要"一觞一咏"，自得其乐。只是我们不能阻挡更多的人在小情小景中陶醉，也不能默允只有一个人的陶醉，那样，就没有"采菊东篱下，悠然见南山"了。

　　旭宇是"四〇后"诗人，那个年龄段的诗人有着非同一般的社会责任，或者说不同版本的社会责任也在要求和限制诗人的思考与写作。如果我没有记错的话，旭宇的《白求恩的手术刀》构思和写作的时候，第四届文代会刚刚落幕。这届会议号召作家、诗人为人民服务，希望作家、诗人的思考与写作，推动中国的改革开放。作为青年诗人，旭宇没有漠视时代的呼唤，他以自己对生活的深刻体验，以自己的生命感觉，也以诗人的胆量，发出振聋发聩的怒吼："这里有封建的古老传染病/也有现代社会新发作的肺痨……啊/同志/你需要治疗/需要手术啊/白求恩这不锈的钢刀/可为你铺条新生的大路/莫以为手指伤点没什么/也许死亡就在那伤口里/朝你露出一丝狞笑。"

"猛志固常在"，这是中国诗人的传统。旭宇接续着这种传统，他有着强烈的社会关切，他以自己的诗歌创作参与着社会发展，以自己的使命感，痛斥社会生活中的恶行。也许是为了直抒胸臆，他以白描语言，塑造着"白求恩手术刀"的形象，明晰而直观。这时候的白求恩手术刀，已经不是一把具象的医疗工具，而是正义、公平的象征，是政治哲学与民主法制的隐喻。"白求恩的手术刀"是在抗敌救亡的历史语境中出现在我们的视野，那道寒光和国际共产主义战士白求恩的形象，一同集聚在我们的心灵深处，让我们感受到中国人在一个特殊的历史时期顽强的抗争精神。"白求恩的手术刀"，是我们救亡图存的生命保证，是我们不怕牺牲的精神支柱。因此，白求恩和白求恩的手术刀，作为中国人的精神力量，一直伴随着我们走到今天。

旭宇的《白求恩的手术刀》是在十一届三中全会召开一周年之际写完的。诗中有这样的句子："一九七八年十二月二十二日/我们看到一只温暖的巨手/把所有心灵的门窗叩响/向人们述说着你闪光的名字/并以春天的名义/向冰雪久封的心灵问好/同志/你的灵魂冻伤了吗/这里有白求恩的手术刀/同志/酷暑可使你机体麻木了吗/这里有白求恩的手术刀……"

二○一六年十月，中国共产党召开了十八届六中全会，全会部署了新的反腐工作，强调从严治党、监督公权的合理运行。

显然，白求恩的手术刀有了新的任务，显然，旭宇的这首长诗以其思想内涵与艺术魅力，穿越了三十七年的时间隧道，一定会引起读者的深思。

第三辑

晨钟暮鼓

访周退密

　　上海有周退密先生，上海的风，上海的雨似乎也能吟诗写字了。

　　这是我的感觉。每一次到上海，总要在脑子里确定安亭路的位置，想象那条老街优雅的行人和沉重的呼吸。周退密先生住在那里，他无数沉郁而典雅的诗，从安亭路一栋老房子里诞生，伴随他宽博、凝重的书法，走进我们的内心。读他的诗，看他的字，就觉得一位百岁老人的眼光清澈而明亮，就觉得自己异常渺小。

　　不想惊动先生，但，拜见他的渴望十分强烈。拿着电话，还在犹豫，真怕一身游走尘世的俗气庸风让先生不舒服。想来想去，还是大胆拨通了先生的电话。说明拜访他的愿望，他宽容地答应了，定在次日的上午。

周退密致张瑞田手札

安亭路是一条老路，但，繁华的上海，已经把他丢在城市的缝隙中了。一辆出租车不清楚安亭路处于哪个方向，只好更换另外一辆。这辆出租车的司机在东北插队，还有幽默感，对安亭路熟悉，一路向我介绍这条路富足的历史和现实的处境。出租车从高架路下来，驶入一条狭窄的马路，路两侧是两三层高的洋房，或者是七八十年代建设的五六层的红砖房。我觉得出租车像驶入了迷宫，东转西转，最后在铺满阳光的一条幽静的小路停泊。这条路过往的汽车很少，出租车如同一位孤独的旅者，缓缓离开了。那种节奏，怎么像是在民国的上海，怎么像是去一家老书店看一本旧拓的碑帖？我抬眼望去，梧桐树暗绿的叶子摇曳着快捷的时光，不远处有深宅大院，一辆警车匆匆驶入，留下一次郁闷的想象。一栋建于一九三五年的公寓楼，紫红色的墙皮颇为含蓄，与这条路极为契合。我看着，如同看一位过气的、但不失昔年风韵的美人。

周退密先生的家，在安亭路的幽深之处，数着里弄的门牌号，一步步靠近了一栋三层的花园洋房。只是这栋花园洋房负重太大，至少几户人家居住。在它的身边，似乎感觉到老房子沉重的哀叹。

先生住在三楼，我踩着古朴的木楼梯，走进先生充满阳光的家。先生正伏案看书，听到我们的脚步声，缓缓起身，与我们寒暄。先生生于一九一四年，九十有九。去年出版的一百余万字的《周退密诗文集》，集合了先生重要的文学创作成果。同时，他的书法法度森严，内涵深密，即使是九十高龄以后的作品，依旧昂扬、雍容，宛若仙人啸树。

　　与周退密先生围坐一张茶桌，面对面地看着他，沐浴生命和智慧的灵光，踏实而富足。先生个子不高，肤色白净，目光温和、明亮。阳光从东侧的木窗逸逸而入，如轻纱披在先生的身上，有一种温暖扑面而来；先生思维敏捷、谈吐自如，听他谈人生与艺术，如同领受牧师的布道，溪流淙淙，渐渐明悟。

　　夏天，先生让唐吟方兄带给我一本《退密诗历四续》，书中收录了先生二〇一〇年十一月到二〇一二年二月创作的诗词作品，其中有多首论书诗，我正准备就周退密的论书诗写一篇随笔。见到先生，当然想听他谈谈诗歌，说说书法。从诗韵开始，先生以他的认知表达了自己的态度，即，格律诗要与时俱进，每一个时代的语言风格不同，韵律需要宽泛。他又谈到民国南社诗人林庚白和陈仲陶，对他们的诗词创作给予较高的评价。最后先生说，诗歌是给朋友们看的，相互看看，才有意思。先生的话语有画外音，诗词创作被越来越多的人喜爱，可是，一些人"功夫在诗外"，看重诗词学会的位置，甚至把诗词创作当成一种交际的手段，写不出好诗，遑论趣味和深度。周退密先生以诗写心，不求闻达，正如同他在《奉题沈树华"论画诗一百二十首"稿本二首》中所言"名利场中无此人，潜修隐德信无论。凭君一管生花笔，网得珊瑚颗颗珍"，由此可见诗人的心境。

　　我研究周退密书法有年，笔法精深，韵味高致，与自己的诗词作品相映成趣。难能可贵的是，如此的笔墨，难以在热闹的场合中见到，可谓是"名利场中无此人"。不管是名利场和非名利场，重要的是书法的品质。周退密书法的文化气息、情感表达、书写技法，炉火纯青，无出其右者。书坛几位耄耋之年的"大师"的书法，的确退去烟火，但体力不支，点画凌乱，不无遗憾之处。周退密书法依旧保持了作者往日的疏朗、峻拔、方正、豪迈、高洁之气，君子之风氤氲起伏。

周退密先生徐徐回忆自己学书的经历，从欧阳询入手，上溯"二王"，临"兰亭""圣教"。隶书从《华山碑》起笔，转至《礼器碑》，后对清代隶书发生兴趣，研讨朱彝尊、郑谷口等人的作品，力求语言的古意和风格的变化。

周退密先生对清代隶书的青睐，引起了我的注意。作为中国书法创作的重要成果，清代隶书的成就被重新认知。然而，当前泥古心态加重，一些人学书言必称秦汉魏晋，对清代书法的评价有失公允。周退密先生能够对清代隶书给予中肯的评价，说明中国书法史在他的内心世界里头尾相承。当然，这也是周退密先生艺术理性精神的体现。

今年夏天，周退密向宁波天一阁博物馆捐赠了一批文物，其中有清朝浙江首位状元史大成的书法，天一阁后人范永祺和甬上先贤范光阳的墨迹，以及童华的《先总宪公日记》。提到这些散发历史陈香的书法、文稿，周退密说，这是父亲留下来的。受过专业教育，谙熟岐黄之术的父亲，富有商业才能。但是，他热爱书法，心系收藏，对书画、碑帖、手札、文稿一往情深，累年积攒，盈庐叠箧。

不敢占用周退密先生更多的时间，尽管先生谈锋甚健，历史、文学、书法、收藏之信息纵横交错，裨益多多，还是恋恋不舍地向先生辞别。临行前，先生赠我一册《鉴湖影：江南书画六人展》书画集，其中有周退密两通精美绝伦的手札。我一直认为，不懂传统手札的书法家，只能算半个书法家。因为传统手札藏有中国书法的文化密码。在书画集的扉页上，周退密先生用圆珠笔写道："瑞田先生存正。九十九弟周退密呈 壬辰初冬上海"。

　　寥寥数字，我能会意，不能深明。但，我的上海之行因此而温暖。

林岫谈大康

　　"康殷先生是一位真正的宠辱不惊的人，也是最敢讲真话、敢作敢为的人。"这是林岫在纪念大康诞辰九十周年艺术研讨会所讲的一句话。这句话声声入耳。

　　大康，即康殷，著名书法家、篆刻家、古文字学家，曾任中央文史研究馆馆员、首都师范大学研究员，一九九九年在北京逝世。

　　对大康，耳熟能详。但，熟知未必真知。他的书法、篆刻是我对当代书法、篆刻记忆的一部分。他的著述，是学习书法、篆刻、古文字的教科书。对我们这一代人来讲，大康回避不了，大康依然存在。然而，当我们来到北京市文联，步入纪念大康诞辰九十周年座谈会的会场时，恍如隔世，那位血气方刚的学者、艺术家真的离开我们十七年了？感受庄重的气氛，带着严肃的表情，心存由衷的敬畏，我们回忆大康，我们看着他的遗墨，看着他的篆刻，看着他的绘画，比较着我们和他的距离。

从既得利益者的角度出发，我们活着，似乎存在优势。不过，当我们吟诵臧克家的诗句"有的人活着，他已经死了；有的人死了，他还活着"的时候，在大康面前，我们的优势荡然无存。十七年前随风而逝的大康，他的书法、篆刻，还有深意；他的著作、诗文，还有魅力；他这个人我们还记得。也许，这是我们纪念他的理由。

对于大康，我知之甚少。十七年前我是浅薄的青年，缺少了解大康的激情和能力，当然读不懂他所经历的苦难和他坚不可摧的人格。

林岫为我补了一课。这一课很重要。

我尊重林岫，理由是他尊重大康的理由——"康殷先生是一位真正的宠辱不惊的人，也是最敢讲真话、敢作敢为的人。"大康如此，林岫何尝不是这样？

与林岫一同参加研讨会和座谈会，会满载而归。原因再简单不过，她叙述的逻辑严密，她的知识丰富，她有人生的厚度，她有思想，她诲人不倦。她讲大康，声情并茂，言谈举止，会看到深厚的情感，能体会岁月的沧桑。如果缺席这次座谈会，如果不是林岫，我对大康的理解平面、单一，无从体察一位知识分子、艺术家痛苦的人生历程，也感受不到大康艺术作品背后的冷热。林岫与大康交情不浅，那时候，大康冷寂，面对社会的动荡，财富的贫瘠，无所作为，不敢作为。林岫讲起大康下放东北农村劳动改造时向工作队的头头索要纸张的经过——希望得到纸张的心态，得到纸张的惊喜，如小说的细节，在我的眼前浮现。为什么索纸呢？他对林岫说："我有很多的思路要写出来，当时又没钱买纸，就有了不计后果的行动。"

"虚心、刚骨，这是当代文人的缺失。"林岫的目光移到了遥远的地方，"大康有骨气，不会自毁，值得我们学习。"大康不收学生，反对年轻人学自己，不过，当有人向他请教，他会认真、细致地讲授，哪怕是一枚图章，他也会讲很长的时间。他重情、重义。林岫说，没有把大康对问学者的谈话记录下来，这是一个损失，如果记录下来，一定是一本巨著。

林岫谈起一个叫"香山小煤厂街"的地方。大康度过"十年浩劫"，从东北返京，就在那里居住。林岫去"香山小煤厂街"看望大康，林岫也曾在大兴安岭林海雪原辛勤劳动了八年，大康视为"知音"。他告诉林岫，什么样的困难也阻挡不了自己要把想写的几本书写出来。大康的住所仅仅可以容身，无尊严可言，然而，那个逼仄的空间，塑造了大康高大的形象。林岫感慨万千，意味深长地说："我们也应该多一点匹夫之责和正义之气。多一点淡定的心情。不是有了一千平方米的房子才能画画，未必有了花梨木的案子才能下笔惊人。我们要有独自造化的敬仰之心。学习康殷。"

是的，学习康殷。

林岫的书卷气让人着迷。她引述启功的话："名利客不解鱼鸟之乐，是因为先已自缚名缰利锁。"告诫我们什么是人生的归宿，什么是读书人的修为。她说，大康画鱼，画出了境界，大康生前经常以鱼为谈资，教导青年放平心态："人只知道食鱼，却不知道鱼的快乐。"质朴的言语有丝丝冷意，学鱼的快乐多好，为什么总是把自己看成龙？大康这番话，林岫记忆犹新："先把自己看成龙的，多半张狂，稍有小成就不知道姓啥了，最后连鱼都当不好。我看，咱们还是当鱼吧。跳龙门和不跳龙门的，都是鱼。跳不过龙门，是鱼。跳过了，又怎样，不还是鱼吗？"这是常识，人们却视而不见。其实，哲理就在常识之中，装腔作势，自认为高明者，往往败在常识之下。

林岫谈大康讲鱼，我的目光转向会场的一侧，那里就挂着大康画的鱼。开始，我把大康画的鱼，仅仅看成鱼，经林岫点拨，豁然开朗，原来大康画的鱼就是一个人。

纪念大康诞辰九十周年艺术研讨会，是我们重新认识大康的起点。在学养、人格退席的学界和书坛，我们可以在先贤的思想和行为中，看到今天的短处，知道我们该如何做一名有操守的读书人，也要知道我们手中的那管笔写什么。谀世、颂上、换钱、求荣，还是记录生命的艰辛、人民的疾苦，进而推动文化的发展、社会的进步？

闲说陈兼与

对陈兼与的淡忘与冷漠，我并不觉得奇怪。当学者乐于在媒体露面，以浅显的文字角逐市场，甚至以此表明自己的与众不同，我就明白了一个时代的悲哀和陈兼与的可贵。

陈兼与（声聪）（一八九七——一九八七），福建福州人，著有《兼与阁诗》《壶因词》《兼与阁诗话》《荷堂诗话》《兼与阁杂著》《填词要略及词评四篇》等。早年毕业于北平政法大学。曾任贵州税务管理局副局长、福建省直接税局局长。中年以后迁至上海居住，一九八二年被聘为上海文史馆馆员，诗词、书画、文章俱佳。

丰富的陈兼与和寂寞的陈兼与似乎有点不对称。然而，一个浮躁的令人心悸的社会，我们对陈兼与的忽视，便合乎情理

陈兼与致周退密手札

了。想一想，那些喋喋不休在媒体上进行道德说教和知识启蒙的博导、教授什么的，他们的浅薄和"辉煌"其实也不对称。

读过陈兼与的诗词，感觉甚佳。一、陈兼与的诗词颇多人生况味，吟诵、品味，可以感受到天地之宽，岁月之长；二、陈兼与尽管当过官，然其诗词之作没有"老干部"体的寡淡与滥情，情绪所至，均是生命的感伤和友谊的唱和，鹂语莺声，韵味无限。感谢唐吟方兄，所赐《陈兼与致周退密翰札》一书，让我在陈兼与的诗词之外，看到了先生另外的才情——诗笺墨札，文人心迹的本真流露，文人书法的具体表现。

应该说，对陈兼与书法的忽视，是我们缺乏对前辈的正确认识，对自己的正确理解。书法市场化的加剧，使得大部分书法家迷失了自己，像老王头卖瓜一样自卖自夸，丧失了一位艺术家对自己内心的抚摸，对生命意义的追问。陈兼与离开我们二十二年了，他的旷达和飘逸，可以不顾及任何人对自己的评说，诗词、书法、绘画，对他而言已经完成了历史使命——对现实生活的感思，对精神世界的表现，对内心情感的抒发。至于身后的"辉煌"，陈兼与没有刻意地向往。重要性也在这里。对于习惯"争座位"的书法界，精神品相的一天天降低，已经影响到我们对当代书法的价值判断，对书法家们的文化解读。也是在这样的背景下，我对文人书法夸夸其谈起来。我不否定"文人书法"的概念还存在商榷的可能性，但，对文人书法的强调，已刻不容缓。也就是说，当代书法家角色的空心化，书法作品的视觉化、表面化，可能是当代书法家所认知的自然现象，但，远远不是中国书法的真正意义。

于此，我们体会到了陈兼与书写的传统方式和智性表述的文人方式，为我们提供了重要的启示，也为我们讨论文人书法提供了新的材料。

言及陈兼与的书法，就必须提及陈兼与的诗词创作和诗词研究，以及陈兼与发起的茂南小沙龙。陈兼与系中国书法家协会会员，曾与沈尹默举办书法联展，亦擅兰竹、山水。担任过中华韵文学会副理事长、中华诗词学会顾问，著作等身。茂南小沙龙大约在"文革"后期（一九七五、一九七六年）出现，参加者多数为上海的老一辈诗人词家，以研讨传扬旧体诗词为主，延续十多年之久，直至一九八七年（丙寅）陈兼与患病住进医院为止。二十世纪八十年代，茂南小沙龙最为活跃，往来者中多为江南文人，常以书信往复，切磋诗艺。

陈兼与的人生行止恰是文人书法表现的最好背景。他直抵历史深处的探学问艺，寻朋交友，给他的书法预留了一个寂静、安适的空间，也使我们在时隔二十多年的岁月里，在经历了比陈兼与时代更为复杂的事情后，得以看到陈兼与书法的特殊价值和审美力量。《陈兼与致周退密翰札》系陈兼与在二十世纪八十年代写给周退密的诗笺和手札。编者在出版说明中讲道："陈兼与和周退密是当代上海诗词界的先后两辈人。他们之间由于爱好相同，友谊深厚，从一九八〇年（庚申）至一九八七年七年中，周老收受并妥善地保存着陈老写给他的信札和一些诗词初稿，总共有近百纸之多。这些翰札都用毛笔写成，内容丰富，文章隽永，而书法苍润遒美，珠联璧合，令人玩味无穷，是当今艺林一份不可多得、赏心悦目的清品……"

　　的确"是当今艺林一份不可多得、赏心悦目的清品",文书兼优,笺短情长,当代文坛、书坛罕见。

　　陈兼与致周退密的诗笺与手札,以其内容(诗词、信稿)与形式(书法)的有机对应,丰富了读者对诗词、信稿的想象,亦使读者加深了对书法的理解。传统书法美学一直强调文学与书法的精神联系,魏晋时期,文学对书法的影响随处可见,甚至书法理论术语也从文学理论术语中直接移植,比如情、采、意、韵、骨、力、神、气等。陈兼与深厚的古典文学理论修养,对他的诗词、书法创作影响深远,使其在文学艺术创作的广阔天地里自由往复。诗笺中的诗词作品,是陈兼与新近创作后所书,一是请周退密品评,其中的一些作品还是与周退密的唱和,一是请周退密留存。茂南小沙龙的成员个个饱读诗书,常于陈兼与寓所清谈研艺,交流读书和创作的感受。陈兼与长周退密十九岁,对周退密书艺诗才称许有加,自然愿意与自己的晚辈真诚交往。诗笺上常常可以看到"退密词宗年禧""退密词人正之""退密老作家正之""退密诗人博粲""退翁哂正"等字样,由此可以看出陈、周二人的情深谊长。

　　陈兼与少年习书,临晋、唐、宋人书帖,承儒家书学思想,用笔沉稳、凝练,字迹简约、厚重,不求工而工,形成了淡雅、疏朗的书风,深得文人书法三昧。陈兼与在诗笺和手札中,偶尔提及自己的学书体会,尽管寥寥数笔,可感知陈兼与对书法史的熟知和把握。相比较而言,陈兼与的手札更为自然、洒脱,秉承传统手札的格式,说理、陈情、表事、谈诗,

与他淡雅、疏朗的书风相得益彰，形成了人格化的历史背景和
独特的艺术魅力。

我们很难见到陈兼与式的文人书家了。只是具有这样学识
和博雅的文人，在今天庶几遗忘，该是历史悲剧的重演。书坛
不是呼唤大家吗？甚至不知道该如何给大家定位，我们不妨虚
心研究陈兼与，就连他对所谓名望的笑谈，也足以让我们深
思了。

顾骧谈周巍峙

　　二十世纪五十年代初，在中南海西花厅研究工作之余，周总理指着自己说"我是老周"，指着周扬同志说"他是大周"，叫周巍峙同志为"小周"。九月十二日，九十八岁的小周也离开我们了。在周巍峙同志离开我们前夕，顾骧发表了《百岁巍峙》。在文章中，他回忆了与周巍峙同志的交往。不久前，我去顾骧府上拜访，听到这位八十四岁老人对周巍峙同志的深情追忆。顾骧思维敏捷，目光充满神韵，他看着我，缓缓地说："前几年巍峙同志为我的散文集《蒹葭集》赐序，花了很多功夫，调动了他的回忆与思考。文章写得很有感情，文字写得很洒脱。他用一个'缘'字作为文眼，用'四同'勾连起我们人生的历史渊源关系。"

　　四同，即同乡、同行、同人、同志。顾骧与周巍峙都是盐城人，周巍峙的家在东台，顾骧的家在阜宁。二〇〇九年，顾骧的散文集《蒹葭集》由作家出版社出版，周巍峙写了一篇情真意切的序言，其中说道："我与顾骧是同乡，江苏省盐城市。我居东台，他居阜宁。我们的家乡是苏北里下河地区。里下河村庄多不大。麻团大的庄子，油条长的巷子，三里一舍，五里一村，八里一垛，十里一湾。河网密布，大都是水路，那弯弯曲曲的里下河，成了乡村和城镇的枢纽。在那一望无垠的芦苇荡里，常有歌声在上空回荡，人们不看便知小渔船来了，歌声就那么从小船传来，有男有女，似乎很远，又似乎很近，给人一种飘渺悠远的感觉。那一方水域并不浩淼，因为其间横亘着大大小小的垛子和土坝，但正是这种天然环境造就了众多的沟汊渠荡，也成就了别具一格的水上风光，每到深秋季节，生长在数千亩滩涂湿地的芦苇荡中，秋风一起，芦花便漫天飞扬，飘飘洒洒，如下雪一般，'排空雪蔟丛芦曳，泻地霜铺一苇浮'。所以'蒹葭苍苍，白露为霜'，是我们共同的记忆。"

　　顾骧告诉我，抗战爆发，周巍峙同志奔赴华北前线，一九三七年，参加八路军。后奉命率西北战地服务团，到晋察冀边区从事文艺工作，从抗日战争到解放战争一直生活在北方。为此，周巍峙说："皖南事变"后，新四军军部在盐城重建。顾骧十四岁就参加了新四军苏北文工团。这样算来可以说，我们相距几千里，却早就是同行了。"所谓伊人，在水一方，溯洄从之，道阻且长。"无论南方还是北方，我们都在为心目中神圣的革命理想而努力工作。

在周巍峙的眼睛里，顾骧是当然的同人和同志了。《蒹葭集》的序言，周巍峙做了最好的说明：他也曾从事新闻、出版，在文化部门工作，也是长期在周扬领导下，我和顾骧算是同人了，可是我们并不熟悉。周扬晚年顾骧曾帮他做文字工作助手，文章代笔，我也仍在周扬领导下工作，见过面，但没在一起共事。我们在周扬同志逝世后为了开展研究周扬的活动才开始熟悉。由于我们对周扬同志的历史情况比较熟悉理解，特别是他思想上大彻大悟，对过去做的错事能进行深刻反思，"文革"后公开检讨道歉，尤其值得称道的是他对中国改革开放的拥护，出于对祖国思想政治发展的关注，对一些敏感的理论问题进行了认真的探索，大胆提出自己的见解，为此，我们一直都感到崇敬，受到启发。由于周扬同志一生从事文艺工作，和中国近现代文化历史有着十分密切的关系，因此我们对周扬的工作及文艺思想的研究都有很大的兴趣。共同的志趣，让我们真正变成了同志。

在周扬研究领域，顾骧是一位不能替代的骁将。他的《晚年周扬》一书，以翔实的考据和鲜明的论点，对周扬晚年的自审和自我批评的心路历程进行了解剖，同时，也对阻碍思想解放的专制行为，予以尖锐的批判。因此，于光远同志说："顾骧是最有资格写晚年周扬的作者之一。"

一九五四年，顾骧从江苏调往中央出版总署工作，刚刚报到，又被派往马列学院，也就是高级党校，学习联共党史。这一年中央新闻总署并入国家文化部，顾骧在马列学院的学习结束后，被分配到文化部机关党委讲师团，担任联共党史的专职教员。这时，周巍峙同志在文化部艺术局担任局长职务。一九五八年，文化部简编，顾骧到中央文化学院工作，再后来，去中国人民大学深造，毕业后到中央音乐学院工作，工作与音乐有了关系。周巍峙同志在文艺界有口皆碑，顾骧对他很敬佩、很尊重。周巍峙不仅是全国文艺界的重要领导者之一，同时，也是一位著名的音乐家。周巍峙同志在二十世纪三十年代，在上海参加了吕骥、孙师毅发起的词曲作者联谊会。"九一八""一·二八"事变之后，民族危机空前严重，一个群众性的抗日歌咏运动在上海兴起。周巍峙同志是这个群众运动的推动者和组织者之一。他一边领导群众参加歌咏运动，一边进行创作，他为孙师毅词作谱写的《上起刺刀来》，在当时广泛传唱。抗美援朝，他又写了《中国人民志愿军战歌》，更是耳熟能详。

周巍峙是专家型领导，也是实干型领导。顾骧说："巍峙同志是盐城东台人。说起东台，现代史上倒有几个人值得说道说道。戈公振，出版的《中国新闻史》为开山之作。他的侄辈戈宝权，凡喜好苏俄文学的人，莫不知晓。高二适，是大学问家、大书法家。他将章草、今草、狂草熔于一炉。一九六五年在《光明日报》与郭老打了一场笔墨官司，郭老认为《兰亭集》序为伪托，文亦为后人篡改。高氏作文驳议，说理、论证俱极有力、透彻，学界震惊，毛老人家也评说了几句。植根于这样的文化土壤，就让他的文化眼光宽阔起来。在多次的政治运动中，巍峙同志保持了冷静的态度，严于律己，宽以待人，给群众留下了好印象。"

对一位领导人来讲，仅仅给群众好印象是不够的。在顾骧看来，周巍峙的闪光点，还在于他在二十世纪八十年代思想启蒙时期所思所言所行。当我们抛弃了文艺为政治服务的陈旧思想，高举人道主义大旗，赞成文艺为人民服务的方针时，"左倾"思潮依旧严峻，交锋依旧激烈，周巍峙拥护改革开放，与胡耀邦、周扬并肩前行，站在时代的潮流，努力打造宽松的创作环境，促使一大批有价值、经得起历史检验的文艺作品问世。另外，巍峙同志是能干活的领导，正派，不整人，也不拉拉扯扯，有人格魅力。在他的晚年，所主编的"中国民族民间文艺集成"丛书，以皇皇巨制和丰富的文献价值，填补了我国出版史和民族民间文艺史的空白。这套书是一项重要的文艺工程，数万人参与编写，它与周巍峙一样，会被历史记住。

怀念黄裳

　　与舜威兄手札往复，常提及两个人的名字，一是傅雷，一是黄裳。读傅雷，是"学问"的日课，也是精神的陶冶。读多了，就想说点什么，于是，在《东方早报·艺术评论》开"读傅记"专栏，关于傅雷的一系列文章，时常与读者见面。

　　还有一个人是黄裳，读他的《榆下说书》《珠还记幸》《黄裳书话》等著作，自然觉得作者学问深厚，文章风华，作者本人也高深莫测、风流倜傥。

　　受现代宪政思想的影响，不喜欢"粉丝"一类的词，我觉得公民社会，人与人可以有政治、经济地位的差别，但人格必须平等。为此，我不"粉"他人，也不喜欢他人"粉"我。可是，黄裳是一个例外，读他的书有二十多年的历史，越读越觉得深邃，并且不同年龄段读，还会有不同的体会。于是，我"粉"黄裳，是心甘情愿、心服口服地"粉"。

舜威兄当然知道我的趣味，一次赴杭州公干，在浙江美术馆，舜威送我一本黄裳的《惊鸿集》，他说，这本书你会喜欢的。

的确喜欢。

对于黄裳的文章，得见必读，还要细读、深读。二〇一二年年初，在《东方早报·艺术评论》见到黄裳的一篇新文，读后，就与顾村言编辑说，黄裳还能写文章，想必他的身体还好。顾村言说，是很好。然后我得寸进尺地要求，能否带我去看看老人家。顾村言说没问题。

七月，到南京参加"金陵论坛"，便与顾村言联系，想绕道上海，拜望黄裳先生。顾村言说，恐怕不行了，黄裳先生住进了医院。放下电话，我没有觉得突然，想一想，九十三岁的老人，与医院的关系该是怎样的关系。顾村言看懂了我的心思，又说，黄裳先生出院后，我们再去看他。我想，顾村言的预设是有可能性的。

两个月后，也就是九月五日，黄裳在上海瑞金医院告别人世，留给一位写作者、爱书人无尽的哀思。

近几天，看得多的一本书，是舜威兄赐赠的《惊鸿集》。这本书是黄裳的书跋集，考据精审，叙述清晰，文字朴实，余音远大，与其他著作并无二致。不同的是，这本书跋集，附有黄裳的手迹，每一篇书跋，黄裳以毛笔书之。当然可以这样说，《惊鸿集》既是黄裳的书跋集，也是黄裳的书法集。

曾有论者言，当下文人书法阙如。我想，当他看到黄裳的《惊鸿集》，一定会修正自己的观点。黄裳不仅是当代的著作家，也是学问家、书法家，真正的文人书法家。

文人书法与书法该如何区分？这是文化问题，也是学术问题，长篇大论能够回答，三言两语也可以言清。文人书法的首要特征，是书法的文化内涵，文辞与书写，应该有文化的表述。我一直强调，书法是综合艺术，仅以外化的笔墨，难以完成书法艺术的美学建构。

黄裳的书写波澜不惊，一笔笔，一行行，中规中矩，清清爽爽，与当代书法存在本质的区别。与其说黄裳的书法是文人书法，毋宁说是黄裳伴随晨钟暮鼓、清风淡茶写就的读书心得。

其实，读书与书法没有距离。只是当代书法家太不喜欢读书了，读书才成为问题。黄裳读书太多，书法在他的眼中真实、全面；黄裳学问太深，自然影响到他的毛笔书写。

《惊鸿集》中四十九帧书跋，是黄裳作为文人书法家的证明。第一，这些书法作品，有深厚的传统功底，易见黄裳于唐楷、唐人写经、魏晋墨迹中取法，点画明快，结字坚实，笔法自如，情深意切。《旧抄"洞山九潭志"及其他》《旧抄"文泉子集"》《澹生堂家书》，典雅、醇静，尽显黄裳的书法才情。当代楷书，愿意在形式上做功课，乌丝栏，肆意钤印，便成了一些人的聪明才智。旁观者清，这种聪明才智是因为缺少黄裳式的聪明才智，是无奈的，是被动的，是经不起推敲的选择。书读多了，探知历史的眼光远了，就不会如此的浅尝辄止，就会像黄裳一样，把笔墨与学识结合起来，把挥毫与性情结合起来，把过去和今天结合起来。第二，黄裳的书写很时尚。时尚与时髦有本质的区别。黄裳的时尚，来自他对历史的谙熟，对典籍的了解。黄裳喜欢用朱液书写，有时写满一幅字，有时题跋，视不同的需要，把朱液用到佳处。黄裳的朱液，是有文化层次的，根据书跋内容的错落，或浅或淡，一如谈吐的节奏。看黄裳的朱液，会看到古籍中的眉批，一字字，是读书人对书的感叹或怀疑。当代人用朱液，直接明了，强调视觉冲击力。在一旁看，除了能够区分红字和黑字以外，不知朱液的铺陈，还有什么意义？第三，黄裳用印恰到好处。细细看过黄裳考究、精美的印，惊鸿一瞥，惊叹不已。名印如"黄裳""黄裳百嘉""黄""裳""黄裳小雁""小雁"，闲印如"礼南过眼""裳读""黄裳容氏珍藏图籍"等，无不透出汉印遗韵和文人的趣味。因此我说，黄裳的书写与文辞是一体的，书写的形式与思想是一体的，钤印的轻重与作者的审美是一体的。因此我又说，于当代文坛、书坛、学界，黄裳不能复制，黄裳也是绝响。

钱锺书的理由

近日去法国旅行，与旅居法国的华裔文化人闲聊，当然要谈当代几位"地标性"文化名人与法国的关系，在法国的故事，其中有吴冠中、高行健、范曾、钱锺书、熊秉明等人。对这几位贤达，有或多或少的了解，虽然看不全他们的全部，也能勉强谈及一二。

提及钱锺书婉拒密特朗邀请访法的旧事，我的眼睛一亮。我没有能力对钱锺书的学术研究做出有质量的发言，但是，对他的心灵史、人格史却有着顽强探知的兴趣，因此，钱锺书婉拒法国总统密特朗的邀请，对我而言就不是一个简单的事件了。一九八六年十一月八日，时任法国驻华大使马腾和法国外交部秘书长罗斯到北京拜访钱锺书，作家、翻译家梅斌陪同拜

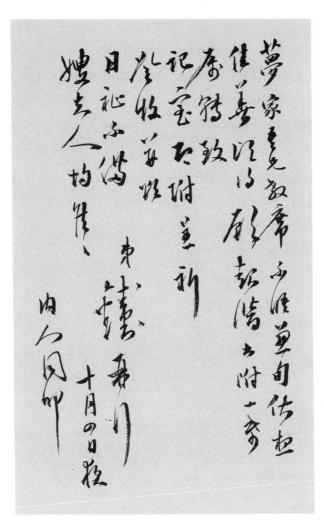

钱锺书致陈梦家手札

访，他记下了马腾、罗斯与钱锺书、杨绛会见的场面："那天，钱锺书先生上身穿着一件中式衣服，脚下穿着一双布鞋。夫人杨绛老师的穿着也十分朴素，非常的中国化。两位老人都非常客气，也非常随和。他们和马腾先生互相赠送了几本中文与法文的著作，杨绛老师还赠送一本她写的小册子《记钱锺书与〈围城〉》。钱老只要看到书，总是像天真的孩童一样眉开眼笑。"

就是这次会面，马腾大使代表法国总统密特朗正式邀请钱锺书访法，并希望钱锺书能够接受邀请。钱锺书婉拒了，他的理由很简单："因为我已经给自己做了规定，现在哪也不去，什么会也不参加。"

马腾努力说服钱锺书，依旧无效。钱锺书的原则，看来在什么人面前也不破例。

其实，钱锺书婉拒密特朗的邀请，本不该大惊小怪。我喜欢你，请你来，你有事，不来，天经地义，谁都能够理解。眼下是，一位大国首脑，邀请一位大国学者，结果是学者婉拒了首脑，自然就是新闻。然而，当钱锺书讲出自己的婉拒理由"因为我已经给自己做了规定，现在哪也不去，什么会也不参加"时，我当然理解钱锺书的心路历程，既然自己对自己有规定，就要坚守这个规定。依我看来，这便是学者的人格，也是一个人的人格。

有朋友与我逗趣，如果法国现任总统奥朗德邀请你，你来不来？我说，我肯定来。我不仅要来，还要给奥朗德先生写一幅字，并与他合影，请有名的通讯社发消息。如果可能的话，把奥朗德的写字兴趣调动起来，收他做徒弟，回国后写一篇自吹自擂的文章《我给总统当老师》，同时购买数十块广告版，刊发与总统的合影照片，不断复制赠送总统的书法作品，使之成为书法市场上的新宠。再以后，就如同跳梁小丑一样，游走于中法之间，假装文化使者，兜售自己的破字。

　　社会学告诉我们，总统集合了一个国家、一个民族的声望与品德，自然受到国际社会的广泛关注。因此，与总统的交往，是提高社会知名度和市场份额的有效途径。当年，美国企业家哈默向邓小平赠送陈逸飞的画作《双桥》，邓小平欣然接受，是陈逸飞在中国迅速蹿红的重要因素。功成名就的钱锺书有资格、有能力婉拒密特朗，不过，他一旦接受邀请访法，他的被译成法文的《围城》一定会成为法国畅销书的，并会给他带来丰厚的利益。要知道，一九八六年的中国还是贫穷的中国。但是，对一个学者来讲，物质利益不应该是首要的，至少，钱锺书就忽略了密特朗邀请的"额外成果"和"灰色收入"。他一再强调"因为我已经给自己做了规定，现在哪也不去，什么会也不参加"了，同时，也言明了"哪也不去"的原因——"我今年已经七十五岁了，有许多事情要抢时间去完成。我早已谢绝了一切外请。因此非常抱歉。"

　　七十五岁的学人、作家、书法家和没有到七十五岁的作家、书法家、学人，聆听钱锺书掷地有声的言辞，不知有何感想？

纪念那致中先生

　　一九八一年的冬天，我走进那致中先生的家，随老人学习书法、诗词。先生没有显赫的地位，也没有丰厚的物质基础，在吉林市默默写着毛笔字，守贫乐道，安然而恬静。

　　如果不是一九八一年成立了中国书法家协会，许许多多写毛笔字的人一定会在时间的长河里沉寂——永远地沉寂，直到被遗忘，体会不到书法家身份的价值和意义，更无从理解一幅字的商业性。从这个时候，我们的眼睛里有了"江城四老"——四位饱经人生磨难的写毛笔字的人：赵玉振、那致中、金意庵、刘乃中。家乡吉林市较有文化底蕴，改革开放初期对"江城四老"的推崇，影响了众多的年轻人，他们以饱满的激情，开始审视传统文化，进而步入学习的旅途。我就是其中的一人。

一九九〇年那致中先生逝世，倏忽二十年。不久前，那致中先生的家人为他举办了百年诞辰的纪念活动，我怀着崇敬的心情回到家乡，参加了此次的纪念活动。当年的"江城四老"唯刘乃中先生健在，他在谈话中深情回顾了与那致中先生的友谊，并对那致中先生的人品、诗才、书艺予以高度的评介。

刘乃中先生也是我非常尊重的长辈，他坎坷的人生之路，深邃的思想，常常让我唏嘘不已，在感叹人生无常的同时，对刘先生更加仰慕。

回到北京后，翻阅那致中先生的诗稿，感慨万千。在那致中的人生轨迹里，我想到了中国现当代书法家的命运，有的闻名遐迩，有的门前冷落；有的资产逾亿，有的囊中羞涩；有的在体制内风光，有的在民间逍遥……人是一样的，命运却大不相同。

近来思考书法社会学的有关问题，当遇到以上的问题时，我会以"命运"作解。是的，命运是看不见的，命运具有神秘的力量，命运是生命中不能承受之轻。

既然命运是神秘的，我们就不去纠缠。毕竟是唯物论者，我们还是相信自己的现实和未来依旧需要双手打造。尽管算命先生的市场越来越大了，我坚定地认为算命的结果是胡言乱语，是现代迷信。比如，某某没有当上书法家协会主席，便以风水言之，显然荒唐透顶。

在书法家协会主席任上风光一时的书法家越来越多了，也越来越多地被人效仿，争先恐后地向这个职位靠拢，似乎不坐到这个职位上就不是著名书法家，就不是"巨匠""大师"了。我看着当代书坛的"争座位"，就觉得可笑、恶心。

那致中先生没有当过书法家协会主席，当然没有"风光一时"过，他只是认认真真写字，老老实实喝酒，兢兢业业授课，其结果是，写得一手好草书，交了一群好朋友。没有荣华富贵，没有赫赫声名，唯一支笔写出了一代人的蕴藉和格调，写出了友爱和信任。

没有当过书法家协会主席的那致中先生，失去了影响全国的机会吗？我不这样看。一名书法家的价值，不在于是否"影响全国"，应该在于是不是写出了好字，你这个字，你这个人，是不是具有审美的价值和人格的力量。

那致中先生就写出了审美的字，那致中先生也是有人格的人。对于一个人来讲，不管处于哪一个层面，这两点极其重要。

我们纪念那致中先生百年诞辰，与其是纪念一位离世的书法家，毋宁说是对一种刚正人格的缅怀。

有多少像那致中先生一样沉默着的书法家，我们不好统计，但我深信，他们活在地方志里，活在人们的记忆深处，当然，也活在我们的文明史中。

流星的意义仅此一瞬，我们需要警惕当代书坛的"流星"，他们的左顾右盼，哗众取宠，对我们的文化心理构成了极大的污染。

杨匡满忆赵朴初

　　杨府的书房，悬挂着赵朴初书写的条幅。朴老以沉静、恬淡的笔调，把自己悼念周恩来的五古写在了一张不大不小的宣纸上。诗很长，字偏小，密密匝匝，刚健含婀娜。还写着杨匡满的名字。对赵朴初的书法，我始终有敬畏之心。每每往杨府造访，就要近距离看看赵朴初的手泽——苏东坡的法度，佛家的超脱，诗人的灵性，常常被陶醉，常常陷入对历史的猜想之中。

　　赵朴初的这幅作品比之常见的作品好得多，书写的是朴老的诗作《周总理挽诗》："大星落中天，四海波颎洞。终断一线望，永成千载痛。艰难尽瘁身，忧勤损龄梦。相业史谁俦？丹心日许共。无私功自高，不矜威益重。云鹏自风抟，蓬雀徒目

赵朴初行书条幅

送。我惭驽骀姿，期效铅刀用。长思教诲恩，恒居惟自讼。非敢哭其私，直为天下恸。"

诗人杨匡满与诗人赵朴初如何结下墨缘的？闲暇时分，喜欢与杨匡满谈往事，一天又一天，不曾相识的郭小川、张光年、冯牧，还有咸宁"五七"干校的日日夜夜，在我的眼前清晰起来。后来，就谈到了赵朴初。

三十六岁时杨匡满便见到了赵朴初。这一点我当然嫉妒。我说，您是想向他学习书法吗？杨匡满摇摇头，说："是为了出版赵朴初的诗集。"当时，杨匡满在人民文学出版社当编辑，他就有幸当了赵朴初的责任编辑，也就有了机会与赵朴初面谈。在赵朴初的西绒线胡同的家里，在西四广济寺的佛教协会，组稿、取原稿、送校样、看封面……谈即将出版的《片石集》，谈旧诗和新诗。如今已是文人书法家之一的杨匡满一再表示，那时候自己对书法缺少认识，失去了向朴老讨教的机会。我说："杨先生谦虚了吧，没有谈书法，何以得到了朴老的墨宝？"杨老师哈哈大笑起来，说："记不清是怎么求的了，反正很随意。"的确，杨匡满没有收藏的爱好，他手中的一些名家书画，都是朋友主动送的，包括范曾、韩美林的画，臧克家、刘征的字。杨老师的话，我信。那个时代属于诗人，何况三十多岁的杨匡满，已名满京华，清高得可以，总觉得求人的话是说不出口的。

不记得是第几次去广济寺了。赵朴初的儒雅、学识和仙风道骨，赵朴初书桌上的文房四宝，让杨匡满怦然心动。从不轻易开口的他这一回开了口，而朴老二话不说就铺纸提笔，开始写"大星落中天，四海波颂洞……"杨匡满连连道谢，说正是他最希望写的。末了，他未等赵朴初收笔，又对朴老说："朴老，送我来的我们单位的老司机也想要一幅。"此时，远远站在一旁的老司机显得有一点局促不安。杨匡满话音刚落，朴老竟立刻应允，马上又提笔，写了一首悼念周总理的《七律》。回味这件事时，杨匡满显得很开心。他说："为司机要一幅字，与为赵朴初出版一本诗集，有同样的意义啊。"

赵朴初的品格与风度，在我的心中固定了。

我与杨匡满关于赵朴初的话题断断续续的。一次去大连，我们在金马路上散步，我问："三十二年前出版的《片石集》还能找到吗？"他点点头，说："我存着一本。"我说："借给我看看吧。"他幽默地问："你能看懂吗？"我说："不懂就问呗。"

回到北京，我拿到了《片石集》，暗红色的封面，"片石集"三字由赵朴初亲手书写，谨严而遒劲。《片石集》定价八角钱，首印三十万册。一本诗集的印数有资格与当下的畅销书相媲美，可见那个不太久远的时代，中国人的内心该有多么的饥渴，多么的丰富。再次见到杨老师时，我问："您对赵朴初的诗歌怎么看？您的看法对赵朴初谈过吗？"杨老师毫不犹豫地说："当然。"然后，他回答了我的问题。他说，赵朴初有诗才，的确是中国难得的诗人。只是有时候太贴近时代了，也就被那个时代限制了。赵朴初满腹经纶，诗词作品喜欢用典。有一次在广济寺，赵朴初向杨匡满问到对诗集的整体印象时，杨匡满除了说很钦佩之类的话，还说了感觉到他的诗里"用典过多过僻"的看法。我马上问："赵朴初是如何解释的？"杨匡满说："朴老略略思索了一会儿，说，我也是想通过用典来普及一些历史文化的知识。"杨匡满又说："过多过僻容易让读者中断读诗的情绪。"朴老沉默了少许说："这个问题我再想想。"

　　本来，杨匡满可能就当代诗词和新诗的创作问题继续与赵朴初沟通、讨论。可不久赵朴初当选全国政协副主席，政务繁忙，杨匡满也调到《华声报》当副总编辑，后来又回到中国作家协会主持一家杂志工作，与朴老之间编辑与作者的关系告一段落。

谒拜马一浮故居

夏天的北京浮躁、膨胀得有点丢人，我不爱看古城、都城的这副模样，就独自去了杭州。想象江南，周身松弛，行走在淡泊的风雨中，比得上喝一杯绿绿的新茶。落定杭州，想到的第一人就是马一浮——学者、书法家的马一浮，在寒高风急的北京读有滋有味的马一浮，是我心中江南的独特风景。

他的老宅建在西湖的边上，奢侈的老宅容易成为"故居"，因人而荣的"故居"是一个人不死的证明。但，拥有了霸权魅力的表层华丽，有点咄咄逼人，它甚至逼迫人们遗忘过去。西湖藏着数百年的神秘，不好破译，马一浮的老宅仅仅是一个点、一滴水，也不好找。问东问西，都是默然的面孔，当然知道西湖在何处，却说不清西湖边上马一浮的老宅——被功利的后人叫作故居的房子。电话里问不到，文化管理机构也指不出通往马一浮老宅的路，于是，又请出租车司机帮忙，出租车在杭州街道上穿梭，没费多少时间，就在一栋老房子旁停下。显然这不是西湖边，难道我的记忆出错，马一浮的家早已搬到了这里？抬眼一看，我笑起来，我所到的老房子原来是马寅初的故居。马一浮，马寅初，杭州人辨不清北方人的语音，或者说仅知道坐过国民党监牢又坐过共产党监牢的马寅初，却不知道国民党时期有名、在共产党时期依旧有名的马一浮。

马一浮，特立独行的马一浮，在西子湖畔一天天寂寞下去，一处世俗化的风景与深邃势不两立，日渐混浊的湖水有淹没历史的迹象。但，马一浮是无法掩埋的。时任民国教育部秘书长的马一浮反对教育部长蔡元培"废经"的主张，他坚持"经不可废"，遂与推行现代教育的蔡元培发生冲突，辞职返家，终身致力于传统国学的研究。蔡元培与马一浮都没有错，他们坚持各自的立场不动摇，难得的是，马一浮不为粮秣妥协，敢于牺牲，仅此，我辈问心有愧。

费了一番周折，最后在西湖花港蒋庄找到了马一浮的老宅——已是文物保护单位的马一浮故居。连着一条游人如织的主路，是两侧植有青竹的小径，这条不引人注目的小径斜进一片树丛，再往里去就是一个开阔的庭院和一栋两层的黑色小楼。站在庭院里，仿佛与西湖隔绝，尽管小楼前就是西湖，不过，透过树叶的缝隙望去，这里的西湖仅仅是眼中的一片水。小楼上方挂着一块木匾，上有"马一浮纪念馆"六个字，系沙孟海所书。大门两侧的对联"胸中泛滥五千卷，足下纵横十二州"，准确概括了马一浮的一生。隽永的对联系林散之撰、郭仲选写，面对西湖，心在以往。马一浮一直活跃在学术里，而怯于严谨的坊间，让马一浮活跃在书法里，朴实沉郁、雄奇雅健的马一浮书法，给杭州、给西湖、给中国文化增添了一点奇异的颜色。书法易读，表层的形状天生有一种亲近感，这就让懒惰的时人有了空子，日渐夸大书法家的马一浮，日渐弱化"一代儒宗"的马一浮。当然，时人绝顶聪明，兼有中国正统儒者所应具备之诗教、礼教、理学三种学养的马一浮书法，自然不同凡响。拼死追寻，自然不会被人笑话。

简洁的老宅陈设着马一浮的著作、手稿、讲义、图片。墙边挂着马一浮的几幅墨迹，被玻璃罩起来的墨迹笔力扎实，结构精致，看上几眼，便感觉到墨迹里的深情厚意。沙孟海说："马先生的书法，凝练高雅，不名一体。篆书，直接取法李斯。隶八分，直接取法汉碑，不参入魏晋以后笔法。真行书植根于钟王诸帖，兼用唐贤骨法。独心契近人沈乙庵（曾植）先生的草法，偶然参用其翻转挑磔笔意"，因此，其手泽，被后人如生命般珍视。作为学者，尤其是作为学贯中西的学者，始终阐释着儒家哲学的真谛，究其一生，为我国传统文化张目。他在西湖边上的老宅潜心读书，不为外界声音所动，独悟儒学，提出"不分今古，不分汉宋，不分朱陆"来看儒学。他还引用唐万回和尚的偈，来表达自己对儒学的情感："我有明珠一颗，久被尘劳封锁。今朝尘尽光生，照遍山河万朵。"在马一浮看来，中华民族的复兴离不开儒学的支撑。世间如何波动，在西湖的马一浮心不动，难得的生命定力，让他一天天地撑起了传统文化的天空。

　　眼下是马一浮家的客厅，现在是陈列室。楼上应该是他的生活区，不让参观，索性又走向庭院。庭院一侧的房子呈一条线，有点单薄，只是建在西湖边，就多了几分江南的骨感。同样不允许参观。回头看见一片水，又看见了对岸废弃的门，我判断，那个砖制的门一定是马一浮家的大门，隔水相望，来客时有小船相迎。躲在有树有草的湖岸，心里默念华夏五千年的文明，思考人的价值，用毛笔写着优雅的方块字，述说生命的忧伤，何乐不为，又何人能为？北京没了这份心情，杭州也没了，要平息现代生活里的浊气，看来要到更远的地方，或者是闹市中被遗忘的地方，比如这栋马一浮的老宅。

　　但，我们不能乐观，在此以道家的心情研究儒学的人，一个不想惊动任何人的人，还是在一九六七年的雨夜被放逐，暂时落脚在西湖另一边的大华宾馆，不日死去。巧的是，我来杭州寻找马一浮，也投宿大华宾馆，我想得很简单，西湖的水可以沟通西湖边的一切，比如，我与马一浮的遥远距离；比如，时间与时间的距离。

程潜与程熙

　　与程熙谈画，始知程潜好诗。一九八四年，黑龙江人民出版社出版了《程潜诗集》，可惜的是，诗集没有受到应有的关注，一首首好诗就这么沉寂着，任凭时光的流逝，一晃就是二十多年。是程熙把《程潜诗集》送给了我，才使我对程潜有了更多的了解，尤其是他的诗才。历史中的程潜，或者说我们所知道的程潜，是毛泽东十八岁时的上司，是抗日名将，是顾全大局的民族英雄，是政治活动家。然而，历史深处的程潜还是一个诗人，有魏晋风骨、六朝遗韵的诗篇，照亮了一个人丰富多彩的人生。

　　与程熙谈画，总要谈到程潜。如同父亲的诗才注入了她的画笔，面对她的每一幅作品，都会看见融融的诗意。五彩缤纷

程熙国画作品

的画面是诗的晕化之痕，程熙触摸的山水，情景交融，诗意盎然。她继承了父亲艺术的基因，画笔就多了诗的韵致。

我看程潜与程熙肯定不一样。出于对历史浓厚的兴趣，我对辛亥革命以后的中国始终保持冷静的思考。在传统与现代之间，我看到了程潜的伟大。一九一三年九月，孙中山在日本筹组中华革命党，亲拟入党誓约，又作出严格规定：欲加入中华革命党者，无论其地位和资格，皆须重写誓约，加按指模，以示坚决。程潜蹙起了眉头，心存疑虑，一个高扬共和之精神，涤荡专制之瑕秽的政党，写誓约，按指模，不是在搞个人崇拜吗？而个人崇拜绝对是在逆历史的车轮。程潜拥护孙中山，但他坚决反对写誓约，按指模。摆脱封建的枷锁，建立民主、自由的中国，是他们的使命。程潜清楚自己的使命，因此他超越了自己，超越了时代。

深刻的程潜可以看到很远的地方，在历史新的转折处，他在长沙起义，避免了无数生命的牺牲，使中国长吁了一口气。现实的选择与自身的经历有关，他出生、成长于中华文明遭到重创的历史阶段，他在黑暗中穿行，练成了火眼金睛。他当然知道中国应该向何处去，自己应该向何处走。"文革"开始，他不理解，主动找毛泽东谈感受，被拒绝。他连连叹气，预示到民族灾难的降临。他对女儿程熙说，自己不应该搞政治，应该搞科学，中国真正需要的是科学。程熙对我说，程潜说完这句话就沉默了，目光冷冷地看着窗外。

诗言志，他的诗是他自己历史的记录，讨袁护法，遣兴抒怀，旅途记事，朋友唱和，一首首，一句句，精炼凝重，辞幽典深，古意醇雅，再三诵读，余音绕梁。

　　高古深邃的程潜诗，还是有人看出好的。赵朴初并不知道盛名的程潜也爱作诗，当他读完程熙送去的诗稿，拍案击节，提笔写一首五古："深郁而永扬，无异阮嗣宗。风华而天秀，实与大谢同。赵叟非谀者，评语出至公。良由所立大，风操劲且崇。典雅而敦厚，进退为世隆。英华揉积久，豁尔能贯通。谁知三军帅，诗亦一代雄。"也许程潜的诗涌动了赵朴初的古典情怀，使一代诗人的内心深处刮起了六朝诗风，看一看这首诗的遣词用句，再体会这首诗的意境、思想，不正是两个诗人跨越时空的唱和嘛。是啊，"赵叟非谀者，评语出至公"。

　　程熙画画，程潜支持。如此高迈的诗才，自然懂得艺术之美。女儿有画画的天赋，女儿的眼睛里都是美好的风景，画一幅画，生活就多了一种美。当然是父亲的面子，将军傅钟和画家黄胄，把程熙介绍到北京画院，程熙从此迷恋丹青。程熙在颜地老师的指导下，循序渐进地学画山水。与程熙谈画，她却常谈父亲和老师。提起颜地，程熙满怀深情，自觉或不自觉地看着墙上的一幅小画，盈尺之间可见千山万水，山之雄，水之韵尽收眼底。程熙说，这幅画是自己年轻时代的习作，当时不满意，准备撕毁时，被颜地老师制止了。颜地展开画作，看了许久，指出不足，也肯定了其中的优点。最后，他亲手裁剪，取出其中的一块，又亲笔修改，眼前的画顿时有了生气，有了韵味。程熙叙述时，目光一直在很远的地方，我相信，她看到了过去，看到了自己青春年少的时光。那是被画笔勾勒过的岁月，程熙怎么能忘？颜地授课，的确有自己的风格。他把历史传统和创作经验结合起来，让程熙一边问古，一边面向大自然，同时又要求程熙学习《矛盾论》《实践论》，学习韩文、柳文、唐诗、宋词。颜地老师常对程熙说，技巧不是中国画的本质，画家需要用心、用情，对大自然的生命内涵有清晰的体察。颜地对程熙的谆谆教诲，以及程熙的健康成长，程潜看在了眼里。他经常把老师请到家里，表达一位父亲的感激之情。有时，还应老师之请，在他们的画作上题字。颜地画册中就收有一幅程潜题字的作品。程潜清雅的字迹，透露着盛唐的华彩，诉说着人生的沧桑。

读万卷书，行万里路，言及学画，程熙必提上海。在上海，她相遇了几位大师，有唐云、李可染、赖少其；尤其是赖少其，对程熙的影响更全面，更深远。程熙一直追慕赖少其的画风，因此，我们在程熙的作品中所看到的以枯淡求苍润，以平实求渊深的艺术特点，恰恰是对赖少其"以赋予'古意'以新的内涵的同时，以鲜明的'差异性'，给现代中国画艺术中的文化折中主义开拓了更广阔的新的前景"的继承。

沉湎在国画艺术中的程熙不能自拔，丰裕的家境，支撑着她的选择。可是，"文革"时期，程熙受到攻击，理由是她只是在家画画，不参加革命工作。程潜依然是程熙的支持者，他理直气壮地说，女儿在家里画一辈子画，我也没意见。毕竟是特殊的历史阶段，毕竟程熙长大了，一九七一年，在周恩来总理的关怀下，程熙被安排到故宫博物院工作，保管、复制那些明清历史档案。在程熙的家里，我有幸看到她在故宫博物院工作期间临摹的界画，定力之佳，功力之好，让我认识到另外一个程熙。近年，程熙专情花卉和山水，创作十分勤奋。她的花卉作品深受法国印象派大师莫奈的影响，大胆吸收西洋画的一些表现手法，色彩对比度强烈，人格化倾向突出，画面如影似幻。她的山水画是另外一种气象、格局：开张如飓风掠过，轻盈似蜻蜓栖水；重峦叠嶂，风生水起……

　　程潜的诗，程熙的画，就在我的案边，读诗如看画，看画如读诗，这是父亲与女儿的精神谱系，耐心地读，仔细地看，能读出金戈铁马，能看见万紫千红。

面对傅雷

　　二○○八年，在"洁白的丰碑——纪念傅雷先生诞辰一百周年展览"活动中，我有幸看到了傅雷先生写给傅聪的第一封家书。这封家书写于一九五四年一月十八日，用毛笔所书。我们知道，傅雷是杰出的翻译家、艺术评论家，但，我们也要知道，他又是优秀的书法家、收藏家。近几年，我研究了傅雷先生致黄宾虹先生的手札，对傅雷的书法才情有了新的发现和新的理解。傅雷致黄宾虹的一百一十八通手札，具有严谨的法度，内敛、典雅，体现了通脱、简远的魏晋书风。置于当代书法界，傅雷的书法也是别具一格的，具有强大的审美力量。

　　傅雷先生的手札恪守传统礼仪，平阙分明，谦词、敬词使用十分准确，从中不难看出傅雷对"二王"、苏东坡、米芾、黄庭坚等人手札的精心临摹和刻苦研读。

　　我是在发现傅雷先生高超的书法才华的背景下，重读了《傅雷家书》。初读《傅雷家书》的时候是二十世纪八十年代，那是一个启蒙的年代，我们反思了导致傅雷悲剧出现的体制性因素和文化局限，确认了自由思想的重要和对社会的必要批判。《傅雷家书》中的理想主义光芒，照耀了我们的青春，是我们迷茫中的精神指南。应该说，《傅雷家书》最贴近我们的内心，傅雷的理性、情感、智慧，以平等、和气的口吻传达了一位父亲的文化思考、生活经验、价值观念。最纯粹，最本质，最没有意识形态的导向。这是一本温情的书，是一本友好的书，包含着一位父亲炽热的情感和伟大的爱。

　　《傅雷家书》的生命力是永恒的。二十多年后，我重读了《傅雷家书》。此时，我也当了父亲，面对天真烂漫的儿子，自然想起《傅雷家书》。我试图在这本书中找到与儿子对话的精神渠道。

　　由于对傅雷书法的关心，每每读《傅雷家书》，就会想到傅雷书写家书所使用的工具，是硬笔，还是毛笔。当我看到傅雷致傅聪的第一封家书是用毛笔写成的，我就想，傅雷是用传统的方式，也就是中国文人的精神仪式，与远在异国他乡的儿子进行沟通。也许傅雷是想让傅聪记住，自己是中国人，当傅聪看到来自家中的手札，自然会想到中国五千年的文明，与生俱来的骄傲，会让他不孤独。

　　傅雷不是一位轻松的父亲，也不是一位轻松的文人。他的精神苦闷和内心冲突，常常出现在他的文字之中。写于一九五四年一月十八日的手札，我读了数十遍。这封情真意切的手札，首先勾画出傅雷一家浓郁的亲情。傅聪去域外求学，是傅聪对自己的超越，同时，也意味着痛苦的分别。在这封手札中，我们读到了这样凝重的文字："车一开动，大家都变成了泪人儿，呆呆的直立在月台上，等到冗长的列车全部出了站方始回身。沈伯伯再三劝慰我。但回家的三轮车上，个个人都止不住流泪。敏一直抽抽噎噎。昨天一夜我们都没睡好，时时刻刻的惊醒。我良心上的责备简直消释不了。孩子，我虐待了你，我永远对不起你，我永远赎不了这种罪过！这念头整整一天没离开过我的头脑，只是不敢向妈妈说。人生错了一件事，良心就永远不得安宁！真的，巴尔扎克说得好：有些罪过只能补赎，不能洗涮！"

傅雷的性格是多么的骄傲，甚至是一位有洁僻的文人。然而，这封家书让我们看到了"怜子如何不丈夫"的傅雷，让我们看到了一位父亲最柔软的一部分，最美的一部分，最闪光的一部分。

傅雷具有现代人格。傅雷所处的复杂的年代，许多人被工具化、矮化，甚至妖魔化。让我们骄傲的是，傅雷有人格，也有现代人格。他敢于反思自己，能够修正自己的问题，进行自我批评。这封手札，傅雷坦诚而真挚地向自己的孩子敞开了胸怀。这是有大气度的人，有深刻思想的人才能做到的。

傅雷学贯中西，对中国传统文化的喜好和熟悉，体现在他的书法和他的手札之中。同时，他又深受西方文艺复兴思想的影响，有平等意识，有爱，有理想，讲诚信，不妥协，节制物欲，重友谊，等等。《傅雷家书》中的傅雷精神，恰恰就是傅雷基于中西文化交融中的爱与责任，以及对现实的忧虑，对未来的清醒认识。

我敢说，《傅雷家书》是中国人的精神绝唱，是中国人的精神制高点。同时，我也敢说，像傅雷这样的父亲已不多见。当下中国重器物，轻精神，大多数的父亲热衷于向孩子们传授谋取权位和金钱的手段，以极其功利的心态，把厚黑之学常态化。今天，我们重提《傅雷家书》，显然与二十世纪八十年代不同。那个清贫的时代，我们的内心还非常富有。我们还有力量憧憬未来。可是，眼下物质财富不断膨胀，我们的内心却十分焦渴，我们的精神也十分萎靡，我们对未来越来越没有信心。

种种陋习和荒芜，源于好父亲的缺失。为此我说，傅雷不仅仅是傅聪、傅敏的父亲，也应该是中国人的父亲。他的坚强与软弱，才能与性情，善良与悲悯，都会成为我们前进的动力。

擦肩而过

　　记不得礼堂的位置，更记不得礼堂属于哪个部门，却记得在那个礼堂里，与汪曾祺先生擦肩而过。

　　一九九五年，在北京东城区一个小礼堂里参加中国作家杂志社举办的文学颁奖活动，那一天见到许多著名作家，有王蒙、唐达成、林斤澜、章宗锷、陈昌本、汪曾祺、杨匡满、王朔、徐坤等人，对于一名文学爱好者而言，这些人如同股民眼中飘红的阳线，光彩照人，夺人耳目。

　　那一年，王朔、徐坤还是青年作家，眼下我们一同进入中年。而那一年的中年人，当然老去，其中唐达成、章宗锷、林斤澜、汪曾祺已消失在岁月的风尘中。

　　莅临会议的作家都值得注目，我偏偏对汪曾祺有特殊的好感。那一天，我来得很早，坐在空空荡荡的礼堂里，与朋友们闲聊。身后传来嚓嚓的声响，是脚步声，我本能地回头张望，看见一位瘦瘦的老头缓缓走来，我一眼认出，是汪曾祺。汪曾祺戴一顶礼帽，上身穿一件黑色的夹克衫，步履有些蹒跚，艰难地向前移动。我站起来，看着汪曾祺从我的身边经过，轻轻说了一声"汪先生"。汪曾祺听见了，看了我一眼，点点头。

他坐在我的前排，双手扶膝，目视前方。

我们不能继续闲聊了，我们担心语言的噪音有损汪曾祺的健康，就默默地等待。但是，在我们阅读史中产生过重要影响的汪著，以及近在眼前的汪曾祺，无法让我们安然。我斗胆凑过去，问："汪先生身体好吧？"

他还是点点头。

我又说："汪先生的书法很古雅啊。"

汪曾祺笑一笑，没有说话。

我觉得，眼前这位老人的气场很足。这种感觉源于两点，一、汪曾祺的小说、散文，代表了那个时代的文学高度。他的小说、散文，平实、质朴，语言如黄酒般醇厚，是学问养出来的，个人风格十分显著。我几乎读遍了汪曾祺发表的文章，在他淡雅的笔调里，感受一种别样的才情。二、汪曾祺有丹青之爱。彼时，我的书法多次参加全国性展览，也在《北京晚报》等媒体发表关于书法的随笔，对书画有本能的关心，自然会心汪曾祺的"另一支笔"。

出席会议的嘉宾陆续进入礼堂，我依旧在汪曾祺的身后与他搭讪。我说："我也写字。"

"哦，写字好哇。"他下意识地回头看了我一眼，"写什么字啊？"

我告诉他，我写汉碑、魏碑。

"哪个碑啊？"显然，他不满意我的笼统回答。

是的，汉碑、魏碑是由众多的名碑组成，我的笼统回答，显然是对他的书法修养的不敬。我告诉他，汉碑写《张迁碑》《礼器碑》《乙瑛碑》，魏碑写《张黑女墓志》。

他思忖一回儿，说："好碑，有骨力。要临帖，还有读帖。读帖也重要啊。"

我说："以后请汪先生指点。汪先生的字才是好字。"

他笑笑，谦逊地说："过去的一点底子，比不上老先生们。"

他说的老先生们，一定是鲁迅、郭沫若、茅盾、叶圣陶、沈从文们。他们的书法有专业水准。

当时，我在媒体供职，在与汪曾祺的交谈中，我突发奇想，何不请他为我们的报纸写一句话呢？于是，我把自己的想法和盘托出。没有想到，汪曾祺痛快地答应了。

会议即将开始，王蒙、唐达成、陈昌本等人已经在主席台就坐。主办方对老作家十分重视，请汪曾祺等人坐到前排。在他准备向前排移动时，我把自己的名片递给他，同时说了几句客套话。汪曾祺看了一眼我的名片，风趣地说："我没有这个。"

在汪曾祺往前排走去时，我突然发现他的脸色灰黑，稀疏的头发，从帽檐旁逸斜出，一副饱经沧桑的样子，让我感叹岁月易老，生命无常。

一个月后，我接到汪曾祺寄给我的题词，信封上是他的亲笔字，钢笔书写，笔画有颤抖的痕迹，但，遒劲依然。题词写在三裁的宣纸上，记得是两句旧诗。署名工整，印章清晰。

两年后，好酒的汪曾祺终于倒在酒中了，去宜宾五粮液集团采风，他瘦弱的身躯没有能力抵挡酒精的侵扰，无奈地铩羽而归。

去年，我们去宜宾五粮液集团采风，途中还在讲述汪曾祺的故事。

比我年轻的老头儿
——黄永厚和他的画

　　策划中国与朝鲜画家联展，默数中国画家，自然想到黄永厚。与老先生相识十余年，不把他看成一笔千金的画家，而是习惯性当他是文人。

　　几年的时间了，《读书》杂志到手，第一眼要看封二的画，封二的文。画是黄永厚的，文是陈四益的；画中有文，文中有画。看久了，就觉得黄永厚用画笔思想，陈四益以文字当刀，自然是"思想"给力，"刀刀"见血。

　　刺世讽官，本是中国文人的传统，惜物质利益所惑，当下许多文人、画家争先恐后当工具，帮腔或合谋，没有一点读书人的风骨。尽管可以赚得盆满钵满，终归没有光彩可言。有趣的是，当工具的文人、画家，不是人人可为，尤其那顶银光

黄永厚国画《子都》

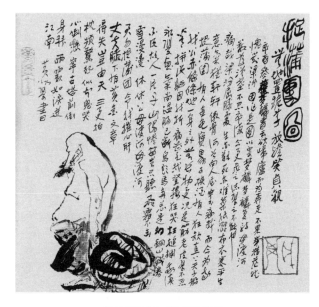

黄永厚国画《捉蒲团图》

闪闪的官帽子，还让好些人羡煞，其中就包括我。

但，不包括黄永厚。

春天的一个下午，接到黄永厚先生的电话，他说，你要的画画好了，来取吧。

声音清脆，语调快捷，不属于八十五岁的老人。可是，黄永厚今年恰恰是八十五岁，也就是说，黄永厚的声音、语调，有青春的品质。

我向黄永厚约稿五幅，他悉数完成。放下电话，内心充满感激。

第二天下午，我去黄府拜访。位于北京通州梨园的黄府熟门熟院，路旁的槐树摇曳着片片绿意，那个不大的院子，也有几棵丁香树，铜钱般大小的叶子，形状完整地向我微笑。

显然，黄永厚的家访者不断，几位从湖南来的客人，与我同时进入黄永厚的家门。黄永厚穿一件灰色的毛衣，戴一顶灰色的帽子，步履轻盈地招呼着我们。他疾步走进厨房，又疾步返回，把一个个普通的水杯放到茶几上，一边寒暄，一边沏茶。

作为画家和作家，黄永厚的画品、文才，出其右者寡矣。依我的目光来看，黄永厚是画家中文人，是文人中的画家，因此，他的画作，处处可见机趣、禅思；他的文章，字字映现学识、哲理。常常在《中国经济时报》《书屋》《读书》等杂志拜读黄永厚文配画的作品。画放达、清冷，文沉重、深刻，体现阅历，洞见卓识。

刚刚拜读《忽然想到——画说·说画》，这本书是黄永厚与陈四益《读书》杂志专栏的合集，尽管两位老人的"画说"

"说画"读过了若干次，眼下再读，眼睛仍然明亮。好文章，好画，就是陈酿的酒，越品越能品出味道。我喜欢《忽然想到——画说·说画》，就厚着脸皮向黄永厚先生索要，我说，一本签名本，足以让我自豪。黄永厚幽默地说："只有一本了，送你吧。"于是，黄永厚在新书的扉页上写了一行字："瑞田弟教正。黄永厚。2012．4．25 于通州。"

如获至宝。

为中国与朝鲜著名画家联展的事情来访，便简要介绍了策展的经过和中国参展画家的人选。黄永厚说："好玩儿。"然后，把我叫到书房，展开他为展览所画的作品。

黄永厚的书房不足二十平方米，一面墙置放书柜，一面墙挂画，中间是一张稍大的书案。在这张书案上，细品了黄永厚的五幅新作。其中一幅题为《魏人田子方》，大写意人物，重笔、淡墨，塑造出道德学问天下闻名的士人。田子方，名无择，字子方，魏国人，魏文侯的友人，子贡的学生。魏文侯聘其为师。黄永厚为田子方的人格折服，故题写《资治通鉴》中的一段话："子击遇子方于道，子击下车谒，子方不为礼，子击曰：'富贵者骄人乎，且贫贱者骄人乎？'子方曰：'亦贫贱者骄人乎，大夫骄人失其家，诸侯骄人失其国，贫贱者与交，言不合，计不用则去之楚越、若弃敝屣然。'"

如此的描绘，率性的题跋，难以觅见。一是当代画家失去了问思历史与现实的能力，一是市场的需求，让画家甘心当工具、当商人。

再看《逢蒙》。一个赤身裸体的男人，手持弓箭，面对目标。造型当然生动，线条自然流畅，然而，看了题跋，心中泛起层层阴气——羿教逢蒙射，艺成，逢蒙射羿。初民曰："羿死固可哀，然遗此祸害与我亦大缺德矣。"

逢蒙，中国人逢蒙，我们的左右不乏其人。

《子都》与《逢蒙》是姊妹篇。子都携箭，走向画面深处，一个肥硕的背影，让我们不得其解。黄永厚跋曰："子都，郑之美男也，擅暗箭，忌人有功，郑伐许，射颍考叔，人不敢言。郑庄使征众，从巫咒之，子都但嬉笑曰：吾，无神论者，尔奈我何。是故，孟子有言云：不知子都之佼者，无目者也。"

公孙子都与颍考叔的故事流传日久，暗箭伤人的典故源于此。厚黑的公孙子都，尽管有第一流的美貌，终因险恶，付出了生命的代价。

关注心灵，关注当下，是黄永厚画作的美学特征。《何物生活》，黄永厚这样题跋："何物生活，穿衣吃饭。市井三姑，此道最娴。如实描绘，未必雅观。商量画者，观海戏蟾。葫芦生烟，金丹弄玄。不至此境，品隔三山。"

分明是作者的生活旁白。

《故吏门生舌如簧》，如一副清醒剂，令我赧然。那位执剑欲行的官人满腹疑虑，在他的背后，黄永厚题写了柯文辉先生的一首打油诗："故吏门生舌如簧，举箸飞觞为封侯。官罢金尽亲朋散，无利谁甘牛马走。昨日言善今言恶，不惊骅骝变苍狗。醉余闲插七寸枝，醒来合抱阶前柳。剩有冰心酬'吴钩'，不教沙场掣吾肘。人磨剑兮剑磨人，吾成衰翁汝匕首。"

用画笔思想，至此有了新的认识。

作为画家、作家，黄永厚从来不愿意当一件工具，哪怕是一件金光闪闪的工具。这是黄永厚喜欢长跋的一个理由。长跋，是黄永厚观察现实、反思自己的过程，是黄永厚不甘沉沦、拒绝媚俗的表现。一九八二年一月一日，黄永厚致著名戏剧理论家孙家琇一封长信，其中说道："时人深恶画上卖文章（有一派、应该说现在大多数画家不读书，不知道画上没有长跋，过去曾被人嘲为'贫跋'，即仅在画上落一姓名盖一个图章，不知长跋是明清以来已被所谓文人画家发展出来的一种特殊国画形式）余哂之，（我才不以为然呢）是知我画之不可售（我明白自己的这种画卖不掉）乃孤意作"文抄公"（所以横了心要当文抄公了，即连别人的文章也往上抄个没完了），密密麻麻，见缝落墨，惟恐空了臭皮囊，（于是不以为耻地，见有空白地上就写，就抄，惟恐自己肚皮空空、装不进墨水）或自美其名曰"补课"！死而无悔也。（还自己美其名说是为了给自己补课，活着一天就学一天，死了也不反悔）贫富有种、饱食自知，吾何辩哉（学识的贫富原来是有种的，人家是生而知之，饱饿的感觉只有自己明白，这中间的道理我何必和人辩论呢)？"

三十年前的旧信，让我看到了一以贯之的黄永厚，看到了当今画坛的一丝光亮和一颗怦然跳动的心。

即将亮相北京夏天的展览，有黄永厚的画作，就意味着成功了。我固执地这样认为。

读碑忘却书丹人

初冬，北京被薄雾蒙着，光线不足的感觉很强，就习惯躲在"百札馆"里依靠灯光读书写字。清华学人刘晓峰邀我去清华园听由他主持的东亚文化讲座，我欣然前往。巧的是，我正在读刘晓峰发表在《读书》杂志上的随笔《书名的漂流》，文章讲英国作家斯迈尔斯《自己拯救自己》一书的坎坷经历，读罢，感慨良多，为书，也为著书的人。

清华园有许多坎坷经历的著书人，王国维是一个，陈寅恪也是一个。他们的悲剧命运，始终牵动着我的神经，为此，就想找机会到清华园感受一下两位大师的精神遗存。读过陈寅恪写于一九二九年的《清华大学王观堂先生纪念碑铭》一文，便知清华园为王国维竖了一块纪念碑，力倡学人独立之精神，自由之思想——"士之读书治学，盖将以脱心志于俗谛之桎梏，真理因得以发扬。思想而不自由，毋宁死耳。斯古代仁圣所同殉之精义，夫岂庸鄙之敢望……唯此独立之精神，自由之思想，历千万祀与天壤而日久，共三光而永光。"这是陈寅恪眼中的王国维，也是陈寅恪眼里的中国学人。

去清华园，王国维的纪念碑不能不看，陈寅恪写的碑铭不能不读。听罢讲座，问清了王国维纪念碑的准确位置，就在傍晚的朦胧中走向离二校门不远的树丛——耸立王国维纪念碑的地点。纪念碑高过三米，正面刻有"海宁王静安先生纪念碑"，隶书体，用笔劲拔，提按谨严。背面是陈寅恪写的碑文，林志钧书丹，马衡篆额。碑式由梁思成设计，于古朴处透着凛然之气，宛如一个性格倔强、精神傲慢的人。碑前碑后，有数十株松树和槐树，碑掩在斑驳的树影中，临近碑前，就能感到一丝丝的阴冷。

王国维去世数载，陈寅恪死于"文革"十年，共逝动乱年代，两人合眼未得安宁。但是，两人的学术成果彪炳青史，常谈不倦，每读每新。他们是学术的多面手，就古文字而言，王国维对甲骨文的开创性研究，影响了一个时代，客观上又丰富了我国书法艺术的创作。陈寅恪始终保持中国知识分子的良知，二十世纪五十年代，他在致中国科学院的信函中曾说："我认为王国维之死，不关与罗振玉之恩怨，不关满清之灭亡，其一死乃见其独立自由之意志。独立精神和自由意志是必须争的，且须以生死力争……一切都是小事，惟此是大事。碑文中所持之宗旨，至今并未改易。"

对学者、作家、艺术家来讲，独立的精神，自由的思想极其重要，正如同陈寅恪所说，且须以生死力争。可是，专制社会，工商时代，这两点又是难以坚持的。郭沫若在日本时对王国维极尽推崇，说"卜辞的研究要感谢王国维"，可是后来，他却在心里嘀咕"卜辞的研究要感谢郭沫若"，政治地位的提升，让他失去了独立的精神，也就丧失了正确的立场。郭沫若在后期所写的一些颂诗，不仅令人费解，甚至怀疑写过《女神》《李白与杜甫》的郭沫若究竟懂不懂诗。市场经济的滥觞，让诸多艺术家也迷失了应有的艺术方向，趋炎附势的应景之作、献媚之作，成为一种模式与习惯，似乎不这样，就是落伍的表现。学术研究，文学艺术创作，一旦缺失独立的精神和自由的思想，直接后果就是对真理的误解与篡改，从而导致学术成果与艺术作品质量的下降。笔墨表现是书法艺术的特点，因此，会有人提出，独立的精神与自由的思想，并不能构成对书法家创作的真正影响，理由是，书法重在技艺的训练和表达，与思考性的学术研究与文学作品存在着距离，即使不会思考的人也会借助浅层次的训练，成为一名书法家。这一点，我并不否认，当代走红的一些书法家，与借助"浅层次训练"而成为书法家的人相比难分伯仲，这说明，当代书坛正处于中国书法史的非常时期——浅薄的时期。

独立的精神和自由的思想，是陈寅恪的生命呐喊，是中国文化人的灵魂拷问、人格体现，对此，我们需要有清醒的认识。这个缺雪的冬天，途经"海宁王静安先生纪念碑"，重读陈寅恪撰写的碑文，体会到了中国知识分子近百年的声声血、字字泪，就觉得内心异常沉重。趁夜幕回到京东的"百札馆"，便写了一首七古《谒海宁王静安先生纪念碑》："学子喧嚷清华园，先生沉寂湖水间。为寻旧日文章美，读碑忘却书丹人。"扔掉笔，就向窗外张望，子夜时分，窗外车流滚滚，车灯串串。

寻找万木草堂

广州难得的一个晴天，杨、周二友问，还想去哪？我随口而出："去万木草堂。"

昨天阴雨连绵，他们陪我去南海，谒拜了康有为故居。在广州冬天的冷寂中，我的热情围着一座老房子转来转去，如同回到熟知的故园，面对陈年旧物，少不了生命中的一份紧张和激动。籁杜鹃的花瓣在老房子的院子里恣意伸张，阴郁的天气，粉红、殷红的花影自由流动，为眼前添了些温暖的色彩。

对康有为，我怀着永久的好感。中国近现代的历史人物，深陷政治与艺术的双重漩涡中，康有为应该是第一人。他试图推动历史车轮向前行进的政治活动，他在文学、书法领域的独到建树，他不顾老迈之躯远赴北极、南美的英雄壮举，使中国

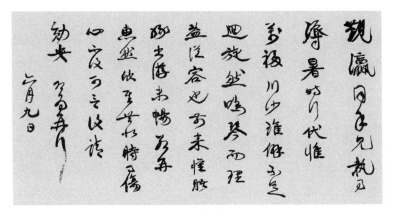

康有为行草横披

的几代读书人拍案击节，为之动容。张元济诗云："南洲讲学新开派，万木森森一草堂。谁识书生能报国？晚清人物数康梁。"

杨、周二友对万木草堂并不陌生，可是，这座书院在广州的具体位置却说不清楚。我执意要去，他们说搭出租车吧，一般情况下，出租车司机是一座城市的活地图。遗憾的是，换了三辆出租车，也没有找到万木草堂。最后搭乘的出租车把我们丢在文德路，就绝尘而去了。我们三人相互看看，只好一边问路，一边前行。我们专找老先生问，他们的回答是，万木草堂大概在中山路。中山路？漫长而曲折的中山路，万木草堂何在呢？杨、周二友不得不用电话询问，可是，不管是官办还是民办的信息台，都提供不出我们所要的结果。没有办法，我们就在中山路上寻找吧。直觉告诉我们，万木草堂就在附近。一路上，我与杨、周二人谈戊戌变法，谈康有为创办万木草堂的政治意义，又谈起始于广东的改革开放。我说，在中国近代史上，康有为最具有现代意义，我辈应深入研究他，甚至要形成"康学"。杨、周二人频频点头，表示理解和赞同。

不知不觉，我们来到一个丁字路口，左行就是中山四路，我左右看看，想了想，就向中山四路走去。这里是老城区，大树奇多，高而阔的树冠密匝匝的。今天天气好，暗绿的树叶呈现出蓬勃的生命活力。大树的后面，多是两三层的小楼，斑驳的墙壁，涂成了浅紫色，平添了几分沧桑。一些古旧的建筑正被拆除，工地显得凌乱。我们在一片废墟的后面看见一排老房子，一间房门挂着派出所的牌子，索性走了过去，想必警察先生会为我们指出去万木草堂的路径。已是午休时间，来到派出所，只见到一个值班的女同志。提及万木草堂，她也是一脸的茫然。我们只好扫兴出门，为广州人对万木草堂的遗忘感喟良久。顺着这排老房子前行，即将走到另外一条路时，我下意识地向右手边的小胡同看去，突然看到胡同深处的一栋房子和刻在房檐上端的"邱氏书屋"四个颜体楷书大字。我的心一震，默念道："这不就是万木草堂吗？"

"公车上书"之后的康有为，显得十分孤独。一方面，他的名声大噪，成为广东学界的传奇人物；一方面，因政治理想无法实现，心气晦暗。落脚广州后，康有为打算守静读书，把笔习字，深入思考中国的历史与现实问题。这期间，他认识了有志青年陈千秋、梁启超、徐勤等人。在他们的恳请之下，康有为租下了位于广州长兴里的邱氏书屋，创办了长兴学舍，又称万木草堂。这是一所特殊的学校，其体制由康有为自创。他任学堂的总教授、总监督，同时在学生中选出三到六人为学长，协助康有为管理学校。在万木草堂求学的人每学年需交十两银子，名曰"修金"。康有为规定，对前来求学的年轻人不要求学历，不重视门第、年龄，只要有新思想、新观念，就有资格到万木草堂就读。对家境贫寒之士实行免费入学。一八九一年，康有为撰写了校规"长兴学记"，倡导万木草堂以孔学、佛学、宋明理学为体，以心学、西学为用。在讲义理之学的同时，又讲西方哲学；在讲考据经世、文字之学时，又讲外国历史、地理、数学、语言等。康有为十分重视体育，他要求万木草堂将体育与习礼结合起来，定期举行兵操和射击练习。万木草堂的教学方式可谓中西合璧。对康有为教育家的风范，梁启超说："先生不徒有教育家之精神而已，又备教育家之资格，其品行方峻，其威仪严整，其授业也，循循善诱，至诚恳，殆孔子所谓诲人不倦者焉。其演讲也，如大海潮，如狮子吼，善能震荡学者之脑气，使之悚息感动，终身不能忘，又反复说明，使听者涣然冰释，怡然理顺，心悦而诚服。"康有为的风采，其实就是万木草堂的风采。

我与杨、周二人疾步来到"邱氏书屋"前，看见固定在门边一个一尺见方的牌子，上书"万木草堂"和"广州文物保护单位"字样。这是一排坐北朝南的青砖瓦房，高有五米，房脊陡峭，神采依然。房门上锁，从门缝里窥视，看见一个空旷的房间，里面一片狼藉。显然，这里不是一个陈列馆，也没有修整，仅仅是一处布满灰尘的陈迹。只是这个陈迹与康有为、梁启超有关，与近代中国知识分子的心路历程有关。

沿着万木草堂走了一圈，始知旧年的邱氏书屋一直沉在时间的长河里，还曾有多户人家在此居住。此刻，她四周的老房子开始拆卸，破碎的瓦砾在阳光下轻轻跳跃。万木草堂黑色的身躯沉睡着，一副疲惫的样子。里面空空如也，想仔细瞻仰一下的愿望毋庸置疑地落空了。打算进一步详察万木草堂的昨天，看来只能依靠印刷物的记载。但我知道印刷物是多么地不可靠。

离开万木草堂，有一点郁闷。在离万木草堂不远的地方喝了一杯咖啡，还心事重重地眺望着中山四路另一侧的邱氏书屋，也就是我们在广州苦苦寻找的万木草堂。对于今天的中国，我们没有任何理由忘记康、梁，以及眼前这座不算古老的建筑。我清楚，拥有现代化梦想的中国，还有一段坎坷的道路要走。为了少走弯路，回首历史，应该是明智的选择。

回北京后，与杨、周二人通电话，常提起万木草堂，有一天他们告诉我，广州已计划对万木草堂进行全面修缮，我们曾经过的废墟是未来的万木草堂文化广场，而万木草堂正门前将修建康、梁纪念广场。他们说，等这些修好后，再陪我去一次万木草堂，至于能不能感受到康、梁的思想锋芒，那就是我们自己的事了。

"诗书异体共根生"
——沈鹏与刘征

　　沈鹏，一九三一年生，书法家、诗人；刘征，一九二六年生，诗人、书法家。两位文化老人，识于一九八八年，以诗书为媒，交往二十五年。岁月长河，漫漫时光，沈鹏，一位在书法界享有盛誉的智者，刘征，一位杂文界、诗词界的耆宿，真诚相对，诗书往复，惺惺相惜，演绎了中国文人互敬互祝的美好一幕。

"诗书异体共根生"

　　去年九月，沈鹏出版了诗词集《三馀再吟》，这本被称为具有文学思考的诗词集，收录了刘征先生《书贺〈三馀再吟〉出版》的七绝："秋水长天一色清，诗书异体共根生。两能兼

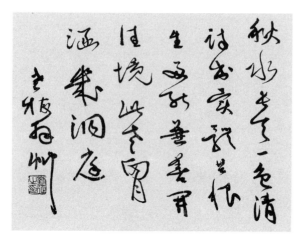

刘征草书斗方

善开佳境，此老胸涵几洞庭？"

刘征以草书录之，墨清笔畅，神采飞扬，道出了作者对沈鹏"两难兼善开佳境"的认知。

沈鹏草书，代表了当代书法创作的水平，人称"兼得书美和诗美、形式美和意蕴美"，是"现代中国文人书法最后一道靓丽的风景"。

沈鹏以书法名世，诗亦不凡，堪称当代文人。刘征对沈鹏的诗有独到的见解，他在《师道和书道——沈鹏〈三馀吟草〉序》中写道："诗与书不仅如同比翼鸟，还如同连理枝，两者的血脉是相通的。优秀的书法作品，那纵横起伏流转跌宕的笔画，是从书家的血管里奔流出来的，体现着书家对艺术的追求和理解，体现着书家的个性和文化素养，有时还体现着书家的悲欢。"

在刘征的眼睛里，沈鹏的诗"开卷便感到清新的气息，如荡清波，如步春林，令人心旷神怡"。

沈鹏的诗有文学思考。当代诗词创作，描摹风景，抒写浅情，或颂上，或歌德，导致一个古老的文学样式日趋媚俗。文学创作需要思想，诗词创作当然需要诗人对人生，对自我，对现实保持清醒的观察和思考，如聂绀弩那样，以嘶哑的歌喉，开启了一扇灵魂的窗口。

对此，刘征深有感触。读沈鹏诗作，他感慨道："似是信笔拈来，不加雕饰，而内蕴深沉，笔力厚重，气格高远，说它大有唐音是不为过分的。"

刘征是沈鹏的知音。

"独崇山谷轻流俗"

一九九〇年，《沈鹏书宋词手卷》问世，这件作品可谓是沈鹏的草书代表作。沈鹏对这件作品也十分看重，作七律《跋自书宋词卷》："三余呵冻写苏辛，心地无邪自有春。笔落方惊风雨骤，书成未计墨鸦陈。独崇山谷轻流俗，偏爱襄阳任率真。曲直方圆谁管得？明朝跃马过清尘。"这首诗书于"宋词手卷"后，相得益彰，相映成趣。

《沈鹏书宋词手卷》出版之际，沈鹏请刘征作序。作为著名诗人、作家，他直言"我虽不善书，嗜书莫如我"。尽管他在书法界知者不多，但，见到刘征清丽、劲拔的墨迹，便知刘征"嗜"书的程度。

一九九〇年五月，刘征撰写了《沈鹏书宋词手卷序》，其

中对沈鹏书法予以形象的概括："……行笔如流云出岫，转侧
因风；结字如清泉走涧，随势赋形；布局如老柏盘空，偃仰自
若。且时作闲笔，如崩崖坠石，夺人心魄。散漫而精严，平易
而清奇，婀娜而健劲。"

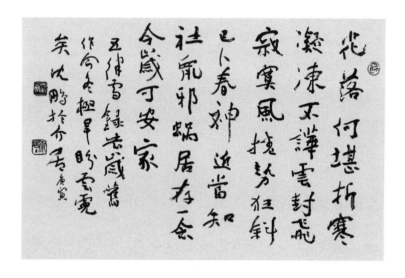

沈鹏草书横披

显然，熟读经史的刘征，深受古典书论的影响，目光犀
利，出手不凡。

从书法的风格上，他看到："沈鹏君的书法非黄非米，其
背景要广阔得多，其风格有很大的独创性。他的绝俗和率真，
体现着他的个性以及他对于自由自在的艺术境界的追求。"

从美学的角度，他又说："我国的书法艺术，本质上是与
文学相通的。如果有书而无文，再好的书法也不免黯然失色。"

诗人对好诗异常亲切。刘征读到沈鹏《跋自书宋词卷》，

颇多会心之处，遂次韵奉和："定知精妙出艰辛，功到芭蕉万叶春。笔竞龙蛇随所欲，书争鸡鹜贵推陈。饮君玄酒偏能醉，顾我白头更任真。想见解衣磅礴处，青天碧海净无尘。"

"诗咏推心写赤诚"

如果说刘征是沈鹏诗的知音，那么，沈鹏则是刘征书法的知音。一九九八年，《刘征诗书画集》出版，沈鹏作书评《"诗意"，一以贯之——读〈刘征诗书画集〉》。在这篇文章中，沈鹏对刘征的书画"因少功利的念头，转而获得很大的艺术自由"的艺术表达给予积极的评价。首先，他认为"刘征的书法婉秀"，"他有些画，分明是从生活里经过认真体察构思得来的"，"他的并非'科班出身'的技巧而能够出以己意，独抒情趣。他画树，喜欢苍劲，而老枝新花，枯木逢春，显然追求一种人格力量，一种真趣。"

关于书画作品的"诗意"，沈鹏有自己的认知，他说："我同意有的画家说的诗书画结合不要生拼硬凑，没有题画诗的画，一样可以有隽永的诗意。然而诗书画结合又是一种在我国历史上形成的特殊的文化现象，我们不必因为有的作品徒具'结合'的外壳，而否定这个良好的传统。"

沈鹏与刘征的交游，是中国传统文人交游的典型体现，倚文轻利，研诗重义。在两位文人的诗词作品中，唱和作品多达十多首。以诗证史，可以看见昔年旧月沈鹏与刘征的君子之交。一九九七年夏天，沈鹏与夫人拜访刘征夫妇，沈鹏以径尺徐公砚相赠，刘征赋二首绝句为谢。其一："清奇书似秋鹰举，淡远诗非斤斧裁。涤我肝肠以冰雪，最难盛暑故人来。"其二：
"由来鲁砚重徐公，雕饰居然汉画风。墨海颂来知有意，学书
助我十年功。"

沈鹏赠刘征诗多多，其中七律《读刘征〈读书随感〉》有
代表性："腹有锦囊诗性醇，奇书百读不辞频。老庄并作《离
骚》看，儒术无如社稷新。'随便翻翻'经史集，分明历历鬼
狐人。当头日月心中法，敬畏赞叹时足珍。"

对此，刘征满含深情地写道："我同沈君论交多年，于书
法我向他请教，于诗则共同切磋。不仅互有赠答，而且每有新
作，常较长短比较，直言无隐，可谓诤友。"

沈鹏八十六岁，刘征九十一岁，乃文坛艺林长者。不久
前，两人参加诗界活动，沈鹏知刘征喜爱绿茶，便风趣地对大
家讲："刘老嗜绿茶，请朋友们不要忘了，新茶下来，多送刘
老品赏。"刘征闻之，缓缓起身，给沈鹏鞠躬，连连说："谢
谢，谢谢了。"

旁观者被两位老人的风趣逗笑了。

刘征有一首七律《答沈鹏同志》，亦是两位友情的真实写
照："不向风头逐絮轻，三年大鸟一飞鸣。书林变法开新面，
诗咏推心写赤诚。细柳摇黄莺度韵，淡烟铺绿草抽茎。论文梦
到天人际，一棹桃花流水声。"

吴大澂两封电文的启示

读吴大澂文稿，他于光绪二十一年（一八九五）发给张之洞的电文引起了我的注意。第一封草于一八九五年五月二十五日，电文如下："倭索偿款太巨，国用不足，臣子当毁家纾难。大澂廉俸所入，悉以购买古器，别无积蓄，拟以古铜器百种、古玉器百种、古镜五十面、古瓷器五十种、古砖瓦百种、古泥封百种、书画百种、古泉币千三百种、古铜印千三百种，共三千二百种，抵与日本，请减去赔款二十分之一。请公转电合肥相国，与日本使臣议明，作抵分数。此皆日本所希有，置之博物院，亦一大观。彼不费一钱而得之，中国有此抵款，稍纾财力，大澂借以伸报效之忱，一举而三善备焉。如彼允抵，即由我公代奏，不敢求奖也。鄙藏古器、古泉，日本武扬（前任驻华公使）曾见之，托其转达国王，事或可谐。"

輪卿五兄世大人閣下　前由念劬慶雲
來散氏盤石印本寄與原拓互異墨色
稿浃字經塗抹未免因思
尊處所藏原拓最精何不寄与念劬屬其
石印重印　紙墨俱由敝處代付以每張為其
此等名印本寄无多有龍弄也些𣲏
閣下自藏之本或已售於他處此可借來一觀

吉羨玉滙三四石印可帶回或有智身得精
拓本此辦法便成十有八九　所藏拓
本粘成十數冊海上致釋李書隸楷隸書禮器
夏秋之間可付石印為三代古文傳釋之法
以金文一鉅觀也士三信棺棺晦涵
頃乘來長日清閒每致釋之品奉助敬頌
台祺　第大澂頓首
三月晚生
尊公王晉先生前請安

吴大澄手札

此封电文张之洞未答，吴大澂又发一封，如下："刚电及函，想均鉴及。如合肥不愿议减，或倭使不肯婉商，可否乞公代电总署，托俄公使，电告俄王，玉成其事，令倭减去二十分之一。如有成议，澂当另备古物百种，由总署转送俄王。与其竭我脂膏，不如略减赔款。所以请公代奏者，澂本部民报效之款，应由原籍地方官上闻，惟公知其心迹，无他耳。纾君父之急，与从井救人不同。"

两封电文凸显历史陈迹。李鸿章赴日签订了丧权辱国的《马关条约》之后，中国不仅要割让土地，还要赔款二亿两白银。此条约让中国坠入深渊。此时，身处官场之外的吴大澂忧心忡忡，便以书生意识，为国分忧。张之洞乃当朝著名臣工，熟知外交事务，当然知道日本向国家索要什么。因此，他回复吴大澂的电文说道："电悉毁家纾难，深佩忠悃。惟以古器文玩，抵兵费，事太奇创，倭奴好兵好利，岂好古哉？且尊藏虽富，虽精，估值不能过十万金，今乃欲抵赔款二十分之一，是作价一千万两矣，亦似可怪。此事恐徒为人所讥，倭人所笑。鄙意不敢以为然，弟实不便与闻，如尊意坚欲行之，请公自行电商合肥。至代奏一节，弟更不敢如此僭妄。窃谓公此时不可再作新奇文章，总以定静为宜。拙见如此，采纳与否，统请尊裁。"

奉读张之洞电文，吴大澂无言以对。国破山河在，城春草木深，试图以一己之力为国家尽忠的愿望落空了，但，他不惜私藏，试图解困于帝国危难之际，足以让我们敬重。对国家而言，十万金乃区区小数，对家庭而言，却是一笔可观的财富。

敢于倾家荡产，纾解国难，非常人所能为之。这一点，吴大澂将使他的许多前辈和我们这些后人变得狼狈不堪。

不久前，几位颇具声望的机构和名人身陷"捐款门"，引起全社会对某些机构和公众人物的信任危机，一时间，如同用一个几百倍的放大镜，对准了这些部门和这些大人物的瑕疵，众说纷纭，莫衷一是。这一事件的背后，无非是"义""利"之争，只是铁肩担道义，妙手著文章，我们应该以历史的眼光和时代的使命，明确自己之责任，分清"义"与"利"之尺度。《荀子·效儒》篇中孙卿子答秦昭王说得好："虽穷困冻馁，必不以邪道为贪；无置锥之地，而明于持社稷之大义，虽隐于穷阎漏屋，人莫不贵，贵道诚存也。"因此，那些冠冕堂皇的慈善机构和慈善家被讥讽为"素质不高""目光短浅"之流，便在情理之中了。

道德沦丧关乎全社会，其中包括政治、经济、教育等领域。笔者所言的某些机构和某些人仅是道德沦丧的缩影，其行为似乎可以理解，但我们无论如何不能姑息。和谐社会绝不是恶行当道的社会，我们也不接受无视真理、法律和道德的行为，毅然决然地维护公平与正义。因此，举凡历史与现实中的大道之举，我们应该不厌其烦地重复和强调。

听舒乙谈唐弢

舒乙挥手的姿势潇洒、敏捷，与之相映的是舒乙浑厚的声音，以及从这种声音里传达出来的历史掌故、文人趣事。

大年初一，从舒乙家的窗户可以看见匆匆走过的行人，舒乙说那是去地坛看庙会的。衣着整洁、鲜艳的少年和儿童，在这个寒气隐隐的节日里，走向地坛，去寻找他们的快乐。

此时，与舒乙谈春节——一个民俗的意义，谈书，谈文人，谈老舍，应该是我们的快乐。舒乙演说家般洪亮的嗓音，还有那些陌生却新鲜的事情，让我们紧紧看着舒乙——一位表情丰富、思维敏捷、记忆清晰的作家、画家、学者。话题转到藏书，自然转到唐弢。

对于唐弢四万余册珍贵图书入藏中国现代文学馆，舒乙颇为惬意。曾任中国现代文学馆馆长的舒乙，动情地讲起了唐弢——一位作家、文学理论家、鲁迅研究家和文学史家，当然，也是藏书家。出生于一九一三年三月三日的唐弢，从二十世纪三十年代开始写散文和杂文，文笔、气质与鲁迅接近，受到文坛称赞。

舒乙说，唐弢的书真多，四万本书，整理了一个多月。其中的珍本、孤本，使中国现代文学馆异彩纷呈。巴金曾说，有了唐弢的藏书，就有了中国现代文学馆馆藏资料的一半。郭沫若第一版的《女神》存世寥寥，唐弢的书房就赫然而立。这样的书，唐弢四万册藏书里不在少数。

出版杂文集《推背集》《海天集》《短长书》《向鲁迅学习》《鲁迅的美学思想》《海山论集》等书并主编《中国现代文学史》的唐弢，嗜书如命。舒乙靠在一把素朴的木椅上，昂首远眺，似乎是在寻找已经远去的唐弢，或者是在这个初一的上午，看见了一位文化老人的背影。

“唐弢太爱书了。”舒乙感叹的声音都有旋律。

二十世纪九十年代初，耄耋之年的唐弢还去书店买书。学生们窃窃私语，这样的年龄还一次又一次往书店跑，买一本又一本书，有时间读吗？他们一边感叹，一边折服。大概是春天，唐弢独自一人，挂着拐杖，去了西单的书店，在旧书丛中，选了几十本书。服务员将唐弢购买的书包装好，担心老人拿不动，建议他留在书店一包，可代他保管。唐弢摇摇头，他把拐杖挂在手臂上，每一只手拎着一包书，离开了书店，向公交车站慢慢走去。

我熟悉位于西单的古旧书店，那里与公交车站还有一段不近的距离，好在路旁的柿子树已经长出新枝嫩叶，它们会以温情的目光祝福这位老人平安回家。

显然，舒乙也看到了唐弢，他笑起来，继续说：

唐弢艰难地把两包书拎上了开往永安里的汽车，有礼貌的乘客给他让了座位。坐在座位上的唐弢气喘吁吁地擦汗，眼睛盯着身边的两包书，自然产生了满足感。公交车到了永安里，唐弢和他的两包书一同下车了。在站台上，唐弢整理自己的随身物品，包括拐杖在内，一件未丢。公交车和那个一脸微笑的乘务员远去了，唐弢却一脸茫然。毕竟是七十六岁的老人了，拐杖都显沉重，何况还有两包书。少顷，唐弢平静下来，他把拐杖当扁担，把两包书挑在肩头，一颤一颤地走在回家的路上。遗憾的是，仅过了一条街，横在肩头的拐杖断了，两包书重重地落在他的脚下。唐弢叹了一口气，便坐在书上，无奈地期待着。路灯亮了，一位老人，一根断了的拐杖，两包书，成了北京黄昏的一道风景。恰巧他的儿子下班路过，看着自己的父亲，一脸惊讶，满心疼痛，搀起自己年迈的父亲回家了。当然，那两包书也一同来到唐弢的书房。

四万册书，就是这样在唐弢的手中一本本集中起来了。四万册书，最后来到了中国现代文学馆，成为我们仰慕的"唐弢文库"。

舒乙是作家，细节感受能力极强。他亲自参与了唐弢藏书的整理工作。他说，当把四万册书拉走的时候，唐弢的家就空了，那一瞬间，舒乙想到一个词：家徒四壁。唐弢一生唯爱图书，此外，都不入眼。

一九九二年一月四日，也就是他去西单古旧书店买书不久，唐弢便离开了我们，终年七十八岁。

讲完了唐弢的舒乙沉默了，可我耳边依然缭绕着舒乙富有张力的声音。我沉浸其中，浮想往事，不胜唏嘘。

致倪为公先生

　　原谅我，倪为公先生。为您和您的书法写几段文字，就不按惯例，像给其他书法家写几段文字那样，说说学书之道，说说创作成果，还要说说担任的职务。这样说，是没有风险的，书法家和市场都喜欢。可是我不愿意这样说，尤其面对您——一位饱经沧桑，一位历经磨难，一位笑傲江湖，一位才华横溢的老者，更不愿意这样说。一切浅显的、客套的、吹嘘的语言，是苍白无力的。我愿意直抒胸臆，很想打通横亘在您与我之间的那段时光障碍，很想跨越岁月的距离，面对面说天下小事和大事。

　　倪为公先生，您写字，您被称为书法家，是您的幸运也是不幸。与当代书法家比较，您的坎坷与痛苦是无人比肩的。为此，看您的字，我总想透过历史的烟雨，猜想您在不同的时代，以怎样的智慧，又以什么样的果敢，于枪林弹雨中书写自己生命的乐章？这是重要的。一个人不能没有历史，哪怕是艰苦的跋涉，对一个人也是财富。倪为公先生，晚学的理解，不知您是否同意？

一九二四年出生的生命，注定不同凡响。那是一个大时代，中国人在那个时代里，穷尽毕生的经历，寻找梦想。苦难是一个人最好的大学，您在战争和斗争中，选择您的道路，您发现，现有体制的诸多问题，导致中国人的不幸福、不强大，甚至民不聊生。因此，您有了自己的选择，很时髦的选择让您鼓足干劲，力争上游，渴望新政权的建立，让中国人真正快乐起来。

知行合一，这是中国读书人的价值观。您在践行自己的政治理想时，您没有放下毛笔，在您看来，耕读人生，依旧具有不寻常的魅力。您于私塾发蒙，开始用毛笔临写碑帖，您写楷书，写隶书，写草书。发蒙时期的作业恐怕不复存在了，好在您在，您的笔在，您的激情在，您还有能力延续自己历史的学习和历史的书写。这一点，整治您，迫害您，指责您的人是无可奈何的，他们随着他们的罪恶被扫进垃圾堆，他们变成尘土了，变成一股风，在我们的眼前消失了。

我们笑到了最后。倪为公先生，您飘逸的长须，您矍铄的精神，您生命的长度，您艺术的生命，战胜了恶魔。本来，您青春四溢的渴望业已实现，新的政权已经建成，本来，您应该回到书斋，研究书学、诗学、佛学，或者研究农业、水利、养

殖什么的，可是，做不到，就这么一点向往都做不到，政治邪
风把您吹成"右派"。是的，"右派"，"地、富、反、坏、右"
的"右"，是阶级异己，是坏分子，是中国社会的另类。因此，
事功颇丰的您，就这样被扫地出门了，您在偏远的乡村，卑微
地劳动，任何人的斥责您都不敢反击，生命危在旦夕。

对"右派"，我有着难以名状的尊敬。他们之中的很大一
部分人有学识，有思想，有民族使命感，有人生理想。然而极
左路线如疯狗一样扑面而来，由不得申辩，说你是"右派"你
就是"右派"。倪为公先生，您也是这样被打成"右派"了吧？

"右派"这顶帽子，预示着一个人跌入了地狱。远在大西
北的夹边沟和在那里喘息的"右派"们就是证明。

面对您和您的书法，我想，您以"右派"的身份进入书法
界，会给浅薄的书坛带来一些思想，也会带来历史与文化的深
度。今天，毛笔书写沦为商业的附庸，与依于仁、志于道的价
值理念背道而驰了。在这种背景下，倪为公先生，您的经历和
您的书写就有格外的意义。

我喜欢您的书法，尤其是您的草书。当九十岁的生命书写
呈现在我们面前，当然没有必要去考据它的来龙去脉。点点滴
滴，一笔一画，已进入生命的深处。略显夸张的草法，苦涩的
墨痕，畅达的线条，还有源自于人生经历的体验，渐渐在我们
的眼前鲜活起来。有时，像欣赏交响乐，前奏曲的铺垫与引
导，把听众带入一个异常的世界。这里，只有声音，只有色
彩，只有画面，当我们有一点不知所措的时候，突然眼前大
亮，视野洞开，审美的情绪，如水滴，也如瀑布，在每一个人

的感觉中腾挪、开张、伸缩、起伏。

艺术的魅力正在于此。

我在意书法家的人生，一个人的风平浪静是好事，也是坏事。一句名言道出真谛："国家不幸诗家幸。"是的，在波澜壮阔的现实生活中，我们的所思所想，我们的价值渴求，我们对自然、国家、命运的期望，会有种种不同的认知。为此，我畏惧倪为公先生的眼神，这里面有民国的风景，有今天的图像，有杀戮、死亡、罪恶，也有新生、改革、振兴。可谓穿越了千山万水，可谓历尽波折，丰富的人生积淀，会给您的艺术带来什么样的启示呢？

一个人的阅读与理解，具有客观性。我反复阅读您的书法，我发现您与当今书坛的不同。第一，您把宝贵的人生经历熔铸自己的笔墨。没有哀怨，没有悲凉，您用一种力量向命运抗争，您把书法当作了人生的底线。于此，我发现了您的孤独，您被抛弃得太久了，您在山野之间的放达，让灵动的书写有了道家的气韵。第二，您对当下的时髦书写视而不见。您看重书法的内涵。您坚持自己的文化个性和艺术个性，笔调沉实，气息远大，因此具备了人格化的魅力。

很特殊的一个人，很精彩的一个人，倪为公先生，功利的书坛也许担心您的到来，但，您的到来却使书坛有了生命的光辉。这一点，我懂。

与四川远吗？与泸州远吗？都不远。世界是圆的，我与您近在咫尺呢。

没有见面，啰唆的语言让您见笑，不怕，这是心声，没有虚情假意，就经得起推敲。本来，我要去泸州拜访您，可惜，迟到的泸州之行，未能赶上您的西去之路。我到泸州，您就远行了，这次远行，没有归途。我朝您远行的小路遥望，依稀能够看见您的身影，却无法听您说古论今，看您挥毫写字。我终生遗憾。

"如今魏法在辽东"

癸巳初春到初夏，在营口接待朝鲜画家，辽南温润的气候，画室里盎然的春色，还有通透的空间，甜美的空气，让我体验新鲜，感觉美好。

这份闲适，已记录在我的日记体长篇散文《营口日记》中，我也会在适当的时候，陆续发表这些文字。

日记可长可短，可深可浅，偶尔，会重读这些文字，让记忆沿着日记的思路，回到往昔。五月三日的日记，记录了我去盖州造访沈延毅纪念馆的经过。古朴的小城，通往沈延毅纪念馆的小径，还有那座四合院，活泛着它应有的意义。

沈延毅是进入我记忆深处的第一位东北书法家。二十世纪七八十年代，作为一名书法爱好者，对东北书法家的了解，始于沈延毅。当时，吉林省有于省吾，黑龙江有游寿，只是这两位学者型书法家的学问名声大于书法名声，因此，在全国书法界的影响，不及沈延毅。

由于沈延毅先生于一九九二年逝世，而当时的书法展览和书法研究远不及今天，对沈延毅熟知未必真知。启功先生写于一九八四年的七绝，似乎是我走进沈延毅书法世界的艺术指南："白山黑水气葱笼，振古人文大地同。不使龙门擅伊洛，如今魏法在辽东。"

"如今魏法在辽东"，是的，沈延毅书法劲拔、奇崛，疏朗、自如，以魏法演绎行书，气象高古，个性鲜明。

落脚营口，与盖州仅一箭之遥，赴沈延毅纪念馆参观的心情自然迫切。五月三日，一个有风的晴天，驱车往盖州，穿过红旗大街，拐入一条泥土路面的小径，再右拐，就看见一座青砖垒就的四合院。显然，囿于东北的气候特点，四合院的结构很紧凑，院落有三四百平方米，有正房、厢房等十余间。门口悬挂"沈延毅纪念馆"匾额，沈鹏书写。这是沈鹏的十年前的手笔，线条硬朗，结字开张，也有魏碑笔意。

院落中央，是一尊沈延毅的汉白玉塑像，一米九的高大身躯，也有可能创下当今书法家的身高记录。

在沈延毅纪念馆的正厅，拜读了沈延毅的部分书法作品，其中印象深刻的是一通手札和一九六六年写的横披。这两件作品体现了作者高超的艺术水平，内敛、严谨，雄强、隽永，是沈延毅作为东北书法第一人的象征。

青年时代，对书法艺术的认识存在一定的局限，比如对沈延毅朴拙、苍茫的书法作品就不知道如何解读，甚至怀疑沈延毅的名声有夸大其词的嫌疑。的确，衰年沈延毅，腕力下降，心气不足，留在宣纸上的字迹多为应景之作。而声名日隆，天下谁人不识君？又让我们必须在他们的作品前保持足够的敬意。一度，我开始在内心寻找正确理解沈延毅书法的尺子，一度，开始怀疑沈延毅作为著名书法家的理由。今天，当我拜读他的早年作品，并拜读不具有公共书法价值的手札，我终于看到沈延毅的非凡之处。

纪念馆悬挂着沈鹏写的一篇短文，他简要介绍了沈延毅的书法生涯，其中提及沈延毅早年与康有为的见面。由于对东北书法的关心，很看重沈延毅与康有为关于魏碑书法的言论。恰在这时，我又听说沈延毅与康有为的见面是一段传说。历史的迷雾，总是让人不得其解。遗憾的是我没有考据癖，不能亲自考据出沈康之见的真伪，自然对这样的现象保持沉默。

沈延毅纪念馆朴实无华，与当今活着的书法家的艺术馆比，也是相形见绌。但，我不觉得遗憾，只要这个小小的院落能够概括沈延毅的一生，足矣足矣。大浪淘沙，今天许多热闹的事物很快会归于平静。时间这位判官，从来不留情面。想一想，沈延毅是幸运的。

离开沈延毅纪念馆前，与随行的朋友谈到沈延毅书法的市场。得到的回答是，当时写字，就是奉献，求字者带一点水果、点心，就是最好的润金。有一次，一家单位奉上两千元稿酬，八十多岁的沈延毅高兴了好长时间。没有办法，那个经济萧条的年代，贫穷是大多数人的命运，何尝有钱买字呢？

盖州之行，对沈延毅的了解增加了许多，作为书法家、诗人，他留在东北书坛上的身影的确独特。

邂逅良宽

在日本大阪中心区心斋桥筋，邂逅中尾书店。这是一家卖旧书的书店，主营碑帖，兼有文史、考古著作。书店的营业空间有二十平方米，陈列四排书架。书籍摆放周整，很像一个家庭书房。许多碑帖是中国出版的，随意翻翻，感觉亲切。书店中间的书架，一本书的书脊聚拢我的目光，这本书是精装本，书脊约二厘米宽，一行日文字提供了书的名字：《良宽的书法世界》。

这是日本学者小岛正芳研究日本著名高僧、书法家良宽的著作。原价三千五百日元，售价一千八百日元，当即购买。

生于一七五八年、卒于一八三一年的良宽，是日本的一个传奇。对《良宽的书法世界》有限的阅读中，良宽的身影逐渐清晰起来。这是一个和尚，一个日本和尚，一个真正不看重物质财富的和尚，又是一个能文作诗、有极高书法造诣的和尚。平时破衣褴衫，常与樵夫、儿童游玩，被称变态旅行僧。日常托饭碗，乞食为生。

还有例证为良宽注释，其一，小偷进入良宽的房间，空空如也的房间，没有偷拿的物品，良宽脱衣，递给这位不速之客："把这件衣服拿去吧。"其二，附近的僧人看不惯良宽的行为，便有人动粗，对良宽施暴。良宽不以为然，少顷，漫天飘雨，良宽想起欺辱自己的僧人，有点忧虑地说："刚才的那人好像没有带雨伞。"

这是名人与众不同的风范吗？显然不是。他对自己说的话一定是真话："不是与世不作伴，但以独住为乐。"临终时有人问他："有辞世之句吗？"他回答："南无阿弥陀佛。"

佛家情怀，望尘莫及。良宽的活法属于脱俗之举，我侪难以相望，甚至也不可理喻。不过，他的诗文似乎懂得，他的书法，也能感知一二。脱俗的良宽，是诗文，是书法，拉近了我们与他的距离。今天，默默读他的诗文，默默看他的书法，看到了两百五十多年前一个人的精神本色。

对我们来讲，两百五十多年的时间不算短暂，日本和尚与我们的日子也有隔阂。但是，我们却想起了良宽，显然，想起良宽，他的书法是主要的缘由。诗文中的内省与说教，已经不是我们注意的焦点。形象化的汉字，日本和尚的书法，还有良宽腕下独有的清气，似乎让我们悟出了什么。

我看良宽，我看他的字，他的诗文，便联想起我们对良宽的惦记。他的时间，是我们的嘉庆、道光朝代，那个时候，清帝国危机四伏，远在日本的良宽可以用汉文写诗，还能够用毛笔写一手来历清楚的汉字，自然会觉得亲切。一方面，我们对中国文化影响日本找到了证据，一方面，我们发现日本和尚的毛笔书写，所表达的生命感觉，所透露出来的精神气息，离我们很远，像一片云，在天空中若隐若现，像一股气，在身边缥缥缈缈……

是不是很像二十多年前我们对弘一的谈论。那时候，我们被致富的念头羁绊，被功名的欲望胁迫，超越固有局限的勇气，可以打乱一切秩序。久了，就出现了问题，于是，我们想到弘一的激流勇退，想到昔年的高人，是如何摆脱现实的困境。一时间，弘一成为我们疗治心灵苦痛的良药，成为信仰缺失的精神支柱。其实，弘一的李叔同和李叔同的弘一，印证了一个人在滚滚红尘中的经历、烦恼、苏醒、顿悟。与良宽有些许的共同，更多的是无法名状。弘一是尘世的大人物，出家之后，依旧是大人物。这一点，良宽不如，他一开始就是小人物，最后还是小人物，他的诗就是证明："生涯懒立身，腾腾任天真。囊中三升米，炉边一束薪。谁问迷悟迹，何知名利尘？夜雨草庵里，双脚等闲伸。"题为《乞食》的诗也是一目了然："十字街头乞食了，八幡宫边方徘徊。儿童相见共相语，去年痴僧今又来。"他的《绝命诗》则更加直接："秋叶春花野杜鹃，安留他物在人间？"

《良宽的书法世界》当然收录了良宽许多幅书法。目睹这些书法，不敢相信良宽的住所真的家徒四壁吗？如果是的，这些字又是在哪写的？那些徐徐展开的六条幅，那些宽博的横披，那些工整的对联，如果没有平坦的案头和上佳的笔墨，可以为之吗？可能为之吗？一切文字记载，均有商榷的可能。好在考据良宽的写字环境，不是我的兴趣，浅浅说一下自己的疑虑足够了。我的时间需要面对良宽的书法。

良宽是一流的日本书法家，不，是亚洲的一流书法家，不，就是书法家。这样的判断，没有文化和艺术的风险。这样的判断，对良宽当之无愧。他有一首诗，让我们明白了他与书法的关系："静夜论文如昨日，风雪回首已两旬。含翰可临瘞鹤铭，拥衾平叹老朽身。"

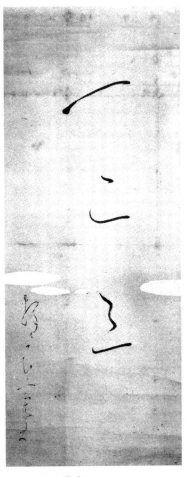

良宽草书《一二三》

《瘞鹤铭》，这块南朝的书法碑刻，在中国书法史具有坐标意义。它从中唐进入人们的视线以后，即受到文人士子的顶礼膜拜。良宽对此碑的心领神会，他临习《瘞鹤铭》，同时也意味着临习了许许多多的晋唐碑帖。考据良宽临习了多少经典碑帖，也不是我的兴趣。我愿意在他的墨迹所呈现出来的文化深度和艺术气质里，寻找一位日本僧人对汉字书写的独有领悟。良宽真安静，安静到不愿意为自己做一顿饭，甚至觉得吃饭、洗脸、喝水用不同的盆子是一种浪费。他的内心保留着对传统碑帖的敬畏，但，对于自己的字却不以为然。他用自己的字写自己的诗文，他用自己的字表现十八世纪的日本书法，他有深厚的传统功力，可是更多的时候，他用毛笔挥写出来的字迹天真烂漫，一如箱根净莲清淡的溪水。良宽的字满足了自己内心的需要，良宽的字不是表演，良宽的字不是步入俗世的筹码，最后的良宽，依旧是一个写字的人。我想，他在彼时的日本，也是个别；在汉语文化圈中，更是个别；在昨天和今天，依旧是个别。也许，这就是我们不断提到良宽，看好良宽，羡慕嫉妒恨良宽的理由。

今天写字，劲使大了。纸张大了，点画大了，书法家的动作大了，展厅大了，印章、笔、砚台大了，写字中的世俗期望也大了……何苦呢？用尽浑身解数不是好事，接着就是精疲力竭，就是僵硬麻木。良宽有一幅字写得好：一、二、三。对，就是一、二、三，几个数字，在良宽笔下难得飞扬。良宽，就是一二三般简单，也是一二三般遥远。

人与事，行与思（代后记）

一个人有室内与室外两个爱好，这个人就不孤独，也不寂寞。我可以对号入座——在室内读书写作，在室外探险旅行。两个爱好似乎风马牛不相及，其实，它们之间有联系，有对应。如同沙漠戈壁上遥相呼应的树，横亘其间的漫长距离，成全了彼此之间的远望与凝视。

读书，读出感受，就有记录的愿望；探险是为了发现，旅行是一种寻找，发现与寻找，激情燃烧，欲吐心中块垒，写作派上了用场。《百札馆闲记》收录的五十五篇文章，如此产生，说不上高妙，却能看见真情。

读书益智，不同历史时期的人，不同的事，在不同的书中出现，又经过作者不同的分析，自然会给我们不同的启发。读书人多情善感，也愿意说古论今，臧否人物。阅读，是随笔文章的血脉，阅读的宽窄、长短，左右了随笔文章的成色。读书益智，能读书，会读书，就会有自己的是非观，说长道短，便成常态。

行走，是立体的读书。当我迷住探险家斯文·赫定，就有"发现"的渴望。发现，是对真相的探求与寻找，总觉得每一次远行，都会有一次刻骨铭心的发现。因此，把一次次远行写成文章，就成了割舍不下的生命渴求。

《百札馆闲记》是我近十年随笔写作的小结。长短不一的五十五篇文章，记录了近十年的所思所想。历史与现实，文化与文学，思想与艺术，在有的放矢的闲谈中，成为一种认知。尽管认知的程度有深浅之别，高下之分，毕竟是一次真挚的思考，自由的阐发。

对写作者而言，文章成册是值得骄傲的事情。值此《百札馆闲记》出版之际，向文汇出版社致敬，向董宁文先生表示感谢。

二〇一七年四月二十日于百札馆

策　划

宁孜勤

主　编

董宁文